KB132184

결국 왔구나

TSUINI, KITA?
by MURE YOKO

Copyright © MURE YOKO, 2017
Original Japanese edition published by Gentosha, Inc., Tokyo, Japan
Korean Translation Copyright © MUNHAKDONGNE Publishing Corp., 2018
All rights reserved.

Korean language edition is published by arrangement with
Gentosha, Inc. through Discover 21 Inc., Tokyo and BC Agency, Seoul.

이 도서의 국립중앙도서관 출판예정도서목록(CIP)은
서지정보유통지원시스템 홈페이지(http://seoji.nl.go.kr)와
국가자료공동목록시스템(http://www.nl.go.kr/kolisnet)에서 이용하실 수 있습니다.
(CIP제어번호: CIP2018036751)

결국 왔구나

MURE YOKO

무레 요코 소설
김영주 옮김

문학동네

엄마, 돌아왔어? _007

아버님, 뭐 찾으세요? _031

엄마, 노래 불러요? _077

형, 뭐가 잘났는데? _101

엄마, 괜찮아요? _149

이모들, 안 싸워요? _175

엄마, 뭐가 보여요? _199

아버지, 왜 왔다갔다해요? _223

옮긴이의 말 _249

엄마,
돌아왔어?

사치는 커피잔을 들고 거실 소파에 앉았다. 앞에 있는 낮은 테이블에는 대출상환표가 놓여 있다. 순조롭게 상환한 덕분에 만기를 앞당겨, 원래는 쉰다섯 살에 완제 예정이던 25년짜리 대출금을 쉰 살에 다 갚게 될 전망이었다. 나이 쉰에 빚이 있고 없고는 하늘과 땅 차이다. 정말 열심히 애썼다. 혼자 살아 칭찬해줄 사람이 없어 사치는 스스로를 칭찬했다.

이 아파트는, 쉰다섯의 나이에 교통사고로 돌아가신 아빠가 남겨준 돈을 계약금으로 해서 사치가 서른 살 때 구입했다. 사치는 학교를 졸업하고 지역의 통신판매회사에 취직해 사회인이 된 뒤 독립해 연립주택에 세 들어 살고 있었다. 그런 자신이 아파트를 구입한다는 건 생각도 안 해봤다. 그러나 아빠가 돌아가신 후

수중에 들어온 목돈을 보자 그것을 어떤 형태로든 보전해야겠다는 생각이 들었다.

그런 사치의 마음을 겨냥이라도 한 듯, 가까운 지하철역이 개조 공사를 하는 동안 역에 인접한 신축 아파트가 분양을 시작했다. 사치는 별생각 없이 설렁설렁 모델하우스를 보러 가서는 망설이지 않고 곧장 계약을 하고 말았다. 생각해보면 세대 대부분이 다인 가족용이고 독신자용은 설계상 빈 공간을 메우려는 용도로 지어진 듯했지만, 50제곱미터가 조금 안 되는 1LDK* 세대라 해도 널찍한 아파트 출입구와 중후한 건물이 마음에 들었다. 이런 곳에서 혼자 느긋하게 평생을 살 수 있다니 기뻤다.

아빠가 돌아가셨을 때, 쉰세 살의 엄마와 스물여덟 살의 사치 그리고 본가에서 부모님과 함께 살던 열여덟 살의 여동생 루리는 한동안 망연자실할 수밖에 없었다.

"운명이라고밖에 할말이 없네."

엄마는 불쑥 그렇게 중얼거렸지만 엄마보다 아빠를 잘 따르던 사치는 납득할 수 없었다. 엄마를 더 좋아하는 루리는 그 곁에서 떨어지지 않았다.

그런데 어느 날, 큰 액수는 아니지만 아빠의 유산 분배를 마친

---

* 1개의 방과 거실, 부엌을 갖춘 집.

후 엄마가 자취를 감췄다. 엄마도 느닷없이 사라진 것이다.

"언니! 학교 갔다 왔더니 엄마가 없어졌어! 이상한 편지가 테이블 위에 있긴 한데. 난 도무지 무슨 말인지 모르겠으니까 빨리 와줘!"

루리가 심상치 않은 목소리로 회사에 있는 사치에게 전화를 했다. 아파트 매매계약과 관련된 여러 일을 전부 마무리한 직후였다. 사치는 루리의 말을 몇 번이나 곱씹으면서 상사에게는 '어머니의 건강 상태가 안 좋다'는 거짓말을 하고 부랴부랴 차를 몰아 본가로 향했다.

집안에 루리가 있을 텐데 현관문이 잠겨 있었다. 몇 번이나 초인종을 눌러도 대답이 없어 사치는 담장 사이의 틈을 통해 마당으로 들어갔다. 선 룸*에 접한 문이 열려 있고 루리는 그 안쪽 다다미가 깔린 거실에 멍하니 주저앉아 있었다.

"무슨 일이야, 엄마가 없어졌다니? 어떻게 된 일이야?"

신발을 대충 벗어놓고 집안으로 들어가자 루리가 고개를 저으며 손에 든 종이를 내밀었다. 근처 마트의 전단지 뒷면에 이렇게 쓰여 있었다. '엄마는 당분간 집에 없을 거야. 걱정은 하지 마. 찾지도 말고. 좀 안정되면 연락할게. 도미코.'

---

* 일광욕 등을 위해 툇마루 같은 공간을 유리문으로 둘러싸 만든 곳.

"집에 없을 거라는 게 무슨 말이야? 난 도저히 모르겠어."

루리는 몇 번이나 고개를 가로저으며 눈물을 흘렸다.

"진정해. 걱정하지 말라고 했으니 무슨 사건 같은 건 아니겠지."

"나한테는 중대 사건이야. 갑자기 아빠가 돌아가시더니 이번에는 엄마가 없어지고."

루리는 다다미 위에 와락 엎드려 울기 시작했다.

"난감하네. 경찰에 신고하면 일이 커질 것 같고. 엄마도 찾지 말라고 했으니 당분간 상황을 좀 지켜보는 게 어떨까."

루리는 흐느끼면서 고개를 들더니 날카롭게 소리쳤다.

"언니는 되게 침착하게 말하네. 걱정도 안 돼?"

"걱정되지. 그렇다고 나까지 너처럼 흥분하면 아무런 도움도 안 되잖아. 놀란 건 알겠지만 진정하고 어떻게 하면 좋을지 생각해보자."

한동안 어깨를 들썩거리며 울던 루리는 그사이 마음이 진정됐는지 옆에 있는 티슈 상자에 손을 뻗어 무릎 위에 두고는 코를 팽 풀었다.

"엄마한테 뭔가 이상한 낌새 없었어?"

사치는 함께 살고 있지 않으니 평소 엄마의 행동을 전혀 알지 못했다.

"오늘도 평소와 다름없었어. 밥하고 빨래하고 청소하고 마당

화단에 물 주고 동네 사람이랑 이야기하고…… 뭐 그런 분위기. 내가 학교 갈 때도 보통 때처럼 잘 다녀오라고 인사했단 말이야. 그런데 아빠가 돌아가시고 난 뒤로 점점 옷차림에 신경을 썼다고 해야 할까, 미용실에도 매달 가고 옷도 좀 화려해지긴 했어."

"그렇게 화려한 건 아니잖아. 수수한 단색 블라우스가 수수한 꽃무늬로 바뀐 정도지. 혹시 엄마가 뭘 가지고 나갔는지 알아?"

사치가 일어나 엄마 방으로 가려고 하자 루리가 거실 서랍장의 작은 서랍을 열었다.

"항상 여기에 통장을 넣어뒀는데 없어졌어. 인감도장은 늘 가방 안에 두었을 테고."

엄마 방에 들어간 루리는 엄마가 늘 사용하던 커다란 베이지색 숄더백이 없어졌다고 말했다. 옷장 안의 옷은 삼분의 이 이상 없어졌고 속옷도 거의 남아 있지 않았다.

"여행가방도 없어졌어."

루리가 벽장을 열고 중얼거렸다. 쌓여 있는 종이상자들 가운데에 여행가방 크기만한 빈 공간이 있었다.

"작정하고 들고 간 거구나."

사치가 나지막이 중얼거리자 루리는 또 울기 시작했다.

"왜 나간 걸까? 루리 학교도 아직 이 년 남았는데."

"그러니까. 내 졸업식을 기대한다고 했단 말이야."

"그렇게 말했으니 분명히 돌아올 거야. 그러니까 조금만 더 상황을 지켜보자."

간신히 루리도 안정을 찾기 시작했다.

"당분간 여기서 지낼 거야. 필요한 거 챙겨서 밤에 다시 올게, 알았지?"

사치는 회사로 돌아갔다. 상사에게는 "덕분에 큰일은 없었습니다"라고 보고했다.

"그거 다행이네. 무슨 일 있으면 어려워하지 말고 말해."

"감사합니다."

엄마가 실종됐다고는 도저히 말할 수 없었다.

사치는 짐을 챙겨 그날 밤부터 사흘간 본가에 머물렀다. 루리는 풀이 죽은 채 학교 과제인 영문 논문도 쓸 마음이 없다며 한탄했다.

"엄마 때문에 네가 낙제라도 하면 얼마나 슬퍼하겠어. 걱정되는 건 이해하지만 할일은 해야지."

갑작스러운 일이라 준비된 것도 없고 요리할 기력도 없어 사치는 퇴근길에 초밥과 반찬을 사서 본가로 갔다. 사온 것들을 식탁에 늘어놓고 자매끼리 서로 마주보고 식사를 했다. 사치는 숨이 막힐 것 같은 분위기 때문에 텔레비전을 켰고, 꽤 좋아하는 개그맨이 나온 터라 참치 김초밥을 먹으며 후후후 웃었다.

"이런 상황에 잘도 웃음이 나오나봐."

루리는 한숨을 쉬었다.

"한숨을 쉬든 웃든 엄마가 없는 건 마찬가지야. 나라고 걱정 안 하는 건 아니라고. 아무래도 엄마는 뭔가 생각이 있어서 집을 나간 것 같아. 그러니까 연락이 오기를 기다리는 수밖에."

루리는 고개를 끄덕였지만 텔레비전 쪽으로는 눈길도 주지 않고 고개를 숙인 채 초밥만 두 개 먹었다. 그러고서 작은 목소리로 "잘 먹었습니다" 하고 자기 방으로 들어갔다.

"케이크 사왔으니까 이따가 갖다 줄게."

"응, 알았어."

방문 너머에서 목소리가 들려왔다.

엄마가 없어진 지 닷새째, 사치는 자신의 집에서 출근했다. 그러자 다시 루리에게서 전화가 왔다.

"언니, 엄마한테 전화 왔었어. 집 전화번호도 알려줬어. 잘 지낸대. 그런데 있잖아, 그게 말이야, 남자랑 같이 있대."

"뭐라고?"

옆에 있는 동료가 깜짝 놀라 사치의 얼굴을 쳐다보았다.

"아, 알았어. 나중에 다시 연락할게." 사치는 황급히 전화를 끊고 사과했다. "소란스럽게 해서 죄송합니다. 별일 아니에요."

자매의 엄마는 다섯 살 연하인 남자에게 가 있었다. 남자는 이웃 지역의 역 앞에서 중년 여성을 상대로 옷가게를 운영하는 독신이었다. 아빠가 살아계셨을 때 친구들과 쇼핑을 하러 갔다가 알게 된 모양이었다. 두 사람 모두 독신이므로 그 점에는 이제 문제가 없지만, 그럴 거면 어른스럽게 교제를 하지 집을 나갈 필요는 없지 않느냐고 사치가 따져 묻자 전화기 너머로 엄마는 이렇게 말했다.

"아니야, 동네 사람들 눈이 있잖아. 그리고 이제 그 집에는 안 좋은 기억밖에 없어서 살고 싶지가 않아."

그들 자매를 이십 년 이상 키워왔으면서 엄마로서의 기쁨이 아닌 싫은 기억밖에 없다는 말을 듣자 사치는 버림받은 기분이 들었다.

하지만 엄마도 쉰다섯 살의 어엿한 어른인데다 자식이라고 해서 엄마의 행동을 제한할 수는 없었다. 사치는 그저 루리를 슬프게 만들 일은 하지 말아달라고 부탁하고 전화를 끊었다. 그로부터 한 달 정도 지나서는 엄마와 남자가 살고 있는 동네의 찻집에서 그들을 만났다. 엄마는 보고 싶지만 그 남자는 보고 싶지 않다며 루리는 단호히 동석을 거부했다. 남자는 여성들을 상대하는 일을 해선지 붙임성도 좋고 사람을 대하는 태도도 좋았다. 하지만 인품에서 우러나온 것이 아니라 이렇게 하면 사람들이 좋아할 거라고 계산된 속내임이 빤히 보였다. 소위 입에 발린 소리

를 잘하는 타입이었다. 엄마가 이런 남자에게 빠졌다는 사실에
사치는 실망했다. 부부 사이에 무슨 일이 있었는지는 알 수 없지
만, 외모는 좀 부족할지 몰라도 과묵했던 아버지가 인간적인 면
에서는 훨씬 낫다는 생각이 들었다.

엄마는 찻집 주인에게 '사모님'이라 불리며 위화감 없이 행동
했다. 사치의 눈앞에 있는 엄마는 핑크와 빨강 꽃무늬가 커다랗
게 그려진 속이 비치는 블라우스 차림이었다. 화장은 진해졌고
머리도 풍성하고 깔끔하게 세팅되어 있었다. 그후에는 루리도
엄마와 몇 번 만났지만 그 남자를 만나는 건 계속 거절했다. 엄
마는 약속대로 루리의 대학 졸업식에 참석했고, 루리가 스물여
섯 살에 결혼할 때도 혼자서 나왔다. 남자가 자신도 가고 싶다고
말했다는데 그런 언행도 사치가 보기에는 뻔뻔스럽게 느껴져 싫
었다.

결혼한 루리는 본가에 살며 서른 살에 쌍둥이 남매를 낳았다.
엄마는 기꺼이 루리의 산후조리를 도와주러 집에 왔지만 자고
가지는 않고 남자의 차로 왔다갔다했다. 남자는 루리가 사진으
로 보는 것도 싫다며 대면을 거절한 사실을 알아서 얼굴을 비치
지 않았다. 루리도 가정을 이루고 엄마가 되니 집 나간 엄마에
대해서도 생각이 바뀐 듯했다.

"좋을 대로 하면 되지."

계속 독신으로 살아가는 사치도, 가정을 이룬 루리도, 엄마가 집을 나간 십수 년간 각자의 생활을 영위했다. 사치는 그럭저럭 탈없이 일을 계속한 덕분에 대출금을 순조롭게 조기 상환할 수 있어 뿌듯했고, 자녀 교육에 열성적인 루리는 영어 유치원에서 좋은 성적으로 칭찬받은 두 아이를 어느 유명 사립 초등학교에 입학시키느냐가 가장 중요한 과제였다.

사치가 대출상환 예정표를 보며 기쁨을 음미하던 어느 밤, 루리에게서 전화가 걸려왔다.

"언니, 큰일났어!"

엄마가 없어졌을 때와 마찬가지로 심상치 않은 낌새였다.

"지금 그 남자한테 전화가 와서,"

"뭐?"

사치는 순간적으로 엄마가 심각한 사고라도 당한 건가 싶어 자세를 고쳐 앉았다.

"엄마가 집으로 돌아가고 싶다고 한대. 그 남자한테 전화가 왔어."

"엄마하고도 통화했어?"

"응, '엄마 집에 갈 거야'라고. 뭘 물어봐도 그 말밖에 안 했어."

사치는 엄마가 심각한 상태에 처한 건 아니라 일단 안심했지만 영문을 알 수 없었다. 엄마는 그 남자와의 생활을 끝내려는 걸까.

"그러더니 그 남자가 일방적으로 내일 오전에 엄마를 데려다 준다고 했어. 집을 나갈 때도 갑작스럽더니 돌아올 때도 그렇네. 어떡해."

엄마는 일흔 살일 터였다. 나이도 드실 만큼 드신 분이 어째서 제멋대로만 굴까 싶어 사치는 화가 나기 시작했다.

"알았어. 나도 갈게. 아무튼 내일 봐."

사치는 전화를 끊었다.

다음날 아침, 사치는 차를 몰고 본가로 향했다. '왜?' '왜 이제 와서?' '무슨 일이 있었나?' 운전을 하면서도 온갖 생각이 머릿속을 맴돌아 집중하기 위해 정신을 다잡아야 했다. 집안에서는 귀여운 동물 모양 배낭을 멘 조카들이 "빨리, 빨리"를 외치며 펄쩍펄쩍 뛰고 있었다.

"처형, 아침부터 죄송해요. 애들한테 놀이공원에 데려간다고 약속을 해서요."

제부가 미안해했다.

"잠깐 기다려."

부엌에서 아이들을 멈춰 세우는 루리의 목소리가 들렸다. 엄마가 집을 나갔을 때 엉엉 울던 루리도 이제는 어엿한 엄마가 되어 있었다.

"자, 다 됐습니다. 어? 언니 왔네? 미안, 온 줄 몰랐어."

아이들은 신나게 도시락을 받아들더니 본인들 가방에 넣고는 손을 흔들며 씩씩하게 집밖으로 나갔다. 아이들을 배웅한 후 자매는 거실에 앉아 돌아올 엄마를 기다렸다. 거실은 얼마 전 루리 부부가 리모델링해 양실로 바뀌어 있었다.

"집 분위기가 꽤 바뀌었네."

"바닥에 마루를 깔고 벽지를 새로 했어."

"이게 더 낫다. 밝아졌어."

서로 마음속에는 이런저런 생각이 있었지만 자매는 애써 상관 없는 이야기만 계속했다. 삼십 분쯤 지났을 때 몇 번의 노크 소리와 함께 손잡이를 돌리는 소리가 들렸다. 자매는 현관으로 달려갔고 루리가 문을 열었다. 그러자 무표정하게 우두커니 서 있는 엄마의 모습이 눈에 들어왔다. 옷차림은 여전히 화려했지만 머리카락이 이상하게 뻗쳐 있었다. 제대로 빗질을 하지 않은 모양이었다.

"엄마, 대체 무슨 일이야?"

루리가 냉큼 물었지만 엄마는 말이 없다. 현관에서 조금 떨어진 길 위에 엄마가 들고 나갔던 여행가방과 커다란 종이가방 세 개가 놓여 있는 걸 사치가 발견했다.

"왜 이런 데다 둔 거야?"

밖으로 나가자 급발진해 골목길을 빠져나가는 자동차가 보였다. 불길한 예감이 들었다. 혹시 그 남자가 엄마를 데리고 와서 자매에게는 인사도 없이 엄마랑 짐만 놓고 간 걸까. 루리가 아무리 열심히 말을 걸어도 엄마는 그저 우두커니 서 있을 뿐이다.

"일단 짐은 안에 넣을게. 엄마도 얼른 들어와."

사치가 재촉하자 그제야 엄마는 집안으로 들어왔다. 거실 소파에 앉아서도 불안한 모습으로 실내를 바라볼 뿐이다.

"많이 달라졌지? 최근에 마루를 깔고 벽지를 새로 했어."

루리가 차를 끓여 가져왔는데도 엄마가 아무런 말이 없어 자매는 서로 마주보며 고개를 갸웃거렸다.

"엄마, 왜 그래? 어디 불편한 거야?"

루리가 걱정스러운 듯 엄마의 얼굴을 들여다보았다.

"아니, 그런 거 아니야."

엄마는 손을 내젓더니 이렇게 물었다.

"신지 씨는 어디 있어?"

"신지 씨?"

자매는 그 남자의 이름이 신지라는 걸 떠올렸다. 사치가 루리에게 귓속말을 했다.

"엄마 어딘가 좀 이상해. 이렇지 않았잖아."

"에이 설마……"

자매가 얼굴을 가만히 바라보자 엄마는 씩 웃으며 인사했다.

"안녕하세요."

마치 처음 보는 사람처럼.

"아, 안녕하세요."

설마 엄마랑 이런 인사를 주고받으리라고는 상상도 못했다.

"엄마, 치매 같아."

"뭐? 정말?"

"응, 아무리 봐도 이상해."

자매는 작은 소리로 말을 주고받고서 다시 엄마의 말과 행동을 찬찬히 관찰했다. 엄마는 한동안 천장과 실내를 둘러보더니 깜짝 놀란 얼굴을 했다.

"어머 사치랑 루리, 어쩐 일이니? 왜 여기 있어?"

"우리, 알아보겠어?"

"무슨 소리야, 알아보는 게 당연하지. 내가 낳은 자식을 잊어버릴 리가 있어?"

엄마는 웃었다. 그런데 방금 전에는 잊고 있었잖아, 하고 사치는 생각했지만 그저 이렇게 물었다.

"엄마, 왜 돌아온 거야? 무슨 일 있었어? 여기가 어딘지 알겠어?"

그러자 엄마는 말없이 고개를 갸웃거리더니 해맑게 웃으며 말했다.

"여기는 신지 씨 집이잖아. 너희가 왜 여기 있는 거야? 아, 그렇지, 놀러온 거였지."

"이거 완전히 큰일이네."

사치는 크게 놀란 루리에게 소곤거린 뒤, 집안 가장 안쪽 방으로 가 신지에게 전화를 걸었다.

"여보세요."

태평스러운 목소리가 들리자 그 순간 사치는 머리에 피가 솟구쳤다.

"도미코 씨 딸 사치입니다. 대체 엄마의 상태가 어떻게 된 건지 설명해주세요."

"아아, 도미코 씨 말이죠. 집에 가고 싶다고 해서 데려다준 것뿐이에요."

마치 아무 일도 없었다는 듯한 말투다. 엄마가 언제부터 이상 증세를 보였는지 물어도 무슨 말이냐며 시치미를 뗀다.

"거짓말 마세요. 엄마가 저렇게 되니까 귀찮아져서 내쫓은 거죠?"

"당신 어머니가 집에 가고 싶다고 해서 보내준 것뿐이야. 거 참 말 많네."

"당신, 아주 최악이야!"

사치가 흥분해 소리를 지르자 남자는 일방적으로 전화를 끊었다. 곧바로 다시 전화를 걸자 음성 사서함으로 넘어갔다.

"엄만 그 인간한테 버림받은 거야."

사치는 작지만 있는 힘껏 분노를 담아 토해내듯 루리에게 말했다. 그 말에도 엄마는 아무런 반응을 보이지 않고 그저 일어나 불안한 모습으로 집안을 돌아다녔다. 루리가 화장실에 가고 싶은 건지 묻자 고개를 끄덕이기에 손을 잡고 데려다주었다. 아직 혼자서 용변은 볼 수 있는 모양이었다.

"어떡해, 언니."

"오늘하고 내일은 여기서 보내고 월요일에 병원에 모시고 가자."

루리도 동의했다. 사치는 상사에게 문자메시지를 보내 월요일 오전에 쉬겠다고 알렸다.

월요일 아침, 엄마의 상태가 어떨지 불안감을 안고 사치는 차를 몰아 엄마를 데리러 갔다. 제부와 조카들은 이미 외출한 후였다. 엄마는 어깨까지 오는 긴 머리를 고무줄로 묶고 소파에 앉아 있었다. 그리고 사치의 얼굴을 보더니 "안녕하세요" 하고 고개를 숙였다.

"아, 네, 안녕하세요."

확실히 엄마의 눈에 사치는 타인으로 보이는 모양이다. 고작 이틀이 지났을 뿐인데 루리의 얼굴은 폭삭 늙어 있었다.

"언니, 난 무리야."

루리는 깊은 한숨을 내쉬었다. 엄마는 현재 상황을 파악하지 못하고 화장실 위치도 기억하지 못한다. 한밤중에 자고 있는데 불쑥 방문을 열고 들어와 "신지 씨, 신지 씨" 하고 몇 번이나 큰 소리로 부르질 않나, 현관문과 대문을 열고 밖으로 나가는 바람에 아이들이 놀라 무서워했다고 한다. 가장 도움이 필요할 때 버림받았으면서도 아직 그 나쁜 놈의 이름을 부르고 다녔다는 말을 듣고 사치는 엄마가 너무 가여웠다.

"아무튼 병원에 가자. 그런데 엄마 통장은 가지고 있었어?"

"응, 통장이랑 인감도장 다 있는데 예금은 천 엔밖에 없었어."

당연히 엄마도 유산 분배를 받았고 연금도 두 달에 한 번씩 입금된다. 그런데 잔액이 이것뿐이라니. 그 나쁜 놈이 교묘한 말로 꼬드겨 옆에서 가로챈 게 분명했다.

"사치, 언제 왔니?"

엄마는 새까맣게 다 모르는 건 아니었고, 가끔 두뇌 회로가 정상적으로 돌아왔다.

"방금. 엄마 컨디션은 어때?"

"좋아. 고마워."

혹시 기억이 돌아온 게 아닐까 기대했지만 곧바로 무너져버렸다.

"신지 씨가 큰길가 라멘 집에서 기다리고 있어서 가야 돼."

밖으로 나가려는 엄마를 자매가 황급히 다시 데려와 서둘러 병원으로 향했다. 차 안에서 엄마는 신지 씨를 만나러 가는 거라고 믿어 의심치 않았다. 병원에서는 잠시만 한눈을 팔아도 금세 이리저리 돌아다니는 바람에 자매는 엄마를 양쪽 겨드랑이에 바짝 끼우다시피 해 진찰을 받았다. 백부터 차례대로 칠씩 빼거나 의사가 말하는 단어를 반복하는 것도 했다. 엄마는 전혀 못하는 건 아니었지만 도중에 자꾸 버벅거렸다. 사치는 유치원에 아이들을 데리러 가야 하는 루리를 먼저 보낸 뒤, 온종일 긴장을 했던 탓에 녹초가 되어 루리의 집으로 돌아갔다.

엄마는 치매 진단을 받았다. 그리고 사치와 루리 부부 간의 회의가 열렸다. 루리의 남편은 거의 말을 꺼내지 않았다. 리모델링을 해서 달라지긴 했지만 엄마가 오랫동안 살았던 곳이고 이웃들도 있으니 익숙한 환경인 이 집에서 지내시는 게 좋지 않겠느냐는 사치의 제안을 루리는 맹렬히 반대했다. 두 아이가 중요한 사립 초등학교 입학시험을 앞두고 있는데다 치매 걸린 엄마까지 돌볼 수 없다고 말이다.

"언니가 혼자 사니까 거기서 엄마를 돌봐드리면 좋겠어. 우리 집에선 도저히 무리야. 난 지칠 대로 지쳤어."

그렇게 엄마를 잘 따랐으니 당연히 루리가 모실 거라고 생각했는데 오산이었다.

"주말은 그렇다 쳐도 평일에는 회사 가잖아. 그리고 방이 하나뿐이라 엄마가 계실 곳도 없어."

"한 사람이 거실에서 자면 되잖아."

루리는 아파트가 단독주택보다 밖으로 나가기도 쉽지 않으니 좀더 안전할 거라고 말했다.

"대신 한번 나가면 자동 잠금이 걸려서 쉽게 못 들어온단 말이야. 화장실 위치조차 잊는 분이 똑같은 현관문이 죽 늘어선 아파트에서 집을 제대로 찾을 리 없잖아."

"언니는 혼자 여유로운데 난 어린애 둘에 치매 걸린 엄마까지 보살펴야 한다는 말이야?"

사치는 아무 말도 할 수 없었다. 루리는 하루라도 빨리 예전처럼 아이들을 중심으로 생활했던 평온한 일상으로 돌아가고 싶은 듯했다. 사치는 나중에 방향이 잡히면 바로 엄마를 모시고 갈 테니 우선은 같이 지내달라고 루리에게 사정하다시피 했다.

사치는 케이스워커*를 만나 어떻게 하면 가장 좋을지 의논해보았다. 출근한 후 엄마를 혼자 집에 둬도 괜찮은 건지 상상조차

---

* 사회복지활동 전문가로, 정신적·육체적·사회적 문제를 겪는 개인 및 가정을 위해 지도활동을 하는 사람.

되지 않았다. 요양보호사가 오기는 하겠지만 시간이 정해져 있는데다 간호할 수 있는 범위도 제한적이었다.

"공공요양원은 대기자가 이백 명이에요. 하지만 주간보호센터라면 괜찮을 겁니다."

지역 자치단체에서는 가족이 통원시킬 필요 없이 아침에 센터에서 노인을 데려가 낮 동안 식사와 목욕 등을 마치고 저녁에 집으로 보내주는 주간보호서비스를 시행하고 있었다. 집안 출입은 맡겨둔 열쇠로 한다. 가능하면 평일에는 매일 받아주면 좋겠지만 주 삼 일 정도가 될 거라고 했다.

주간보호센터 통원 허가가 나서 사치가 소식을 알리러 갔더니 루리는 수면부족으로 몹시 초췌한 모습이었다. 오늘 엄마를 모시고 가겠다고 하자 한숨 돌렸다는 얼굴로 힘없이 웃는다. 아파트 관리인에게도 가서 인사하며 만일을 대비해 사진을 건넸다. 처음에는 안절부절못하고 집안을 돌아다니던 엄마도 이제는 소파에 앉아 가만히 텔레비전을 보고 있다. 사치는 엄마가 알아볼 수 있도록 도화지에 '화장실' '부엌' 등을 큼직하게 써서 벽에 붙였다. 그리고 반드시 욕조의 물은 다 빼둔다. 센터 차량이 오는 시간보다 사치의 출근이 이르기 때문에 엄마의 아침식사를 미리 준비해 테이블 위에 올려둔다. 저녁에는 마트에서 반찬을 사서 귀가한다. 집에 돌아와 현관문을 열면 바닥에 먹다 만 토스트가 떨어져 있을 때도 있고, 부엌에 있는 냄비들이 죄다 나와 있을 때도 있다. 그나마 화장실은 혼자서 갈 수 있으니 머리 아래로는 건강해서 다행이라고 사치는 애써 그렇게 생각했다. 아직은 이곳에 익숙하지 않아 엄마가 밖으로 나가는 일이 없지만 앞으로는 동네를 배회하는 문제가 생길지도 모른다. 그러나 아직 실제 일어나지도 않은 문제로 고민해봐야 소용없는 노릇이니 사치는 일이 벌어지면 그때 생각하자고 마음먹었다.

엄마가 주간보호센터에도 순순히 잘 다니고 있는 듯해 사치는 어질러진 물건들을 정리하며 물었다.

"어땠어?"

엄마는 재미있었다고 했다. 같이 살고 있는 사람이 딸 사치라는 건 칠십 퍼센트 정도 인식하는 듯했다. 하지만 하루에 한 번은 꼭 "신지 씨는 어디 있어?"가 시작된다. 아빠에 대해서 말 한마디 없는 건 엄마의 기억에서 지워졌기 때문일까. 신지라는 이름을 들을 때마다 사치는 화가 나 "신지 씨는 이제 그만 찾아요!" 하고 소리치고 싶기도 하지만, 이런 상태인 엄마에게 화를 낸들 결국 자신만 슬퍼질 뿐이니 꾹 참았다. 회사에도 사정을 이야기하자 가급적이면 정시에 퇴근할 수 있게 해주었다. 집에 돌아와 서로 마주보고 저녁을 먹는데 엄마가 말했다.

"신지 씨한테도 이거 먹여주고 싶어."

"응, 그러게."

사치는 엄마의 말에 맞장구치면서, 인생이란 자신의 계획대로 되는 것이 아님을 절실하게 느꼈다.

아버님,
뭐 찾으세요?

마리는 오랜만에 열리는 동창 모임을 기대하고 있었다. 고등학교를 졸업하고 이십사 년간 한 번도 참석하지 못했다. 첫 회에는 친정아버지가 갑자기 돌아가시는 바람에 ×, 두번째는 자신의 결혼식과 겹쳐서 ×, 세번째는 출산 당일이라 ×, 네번째는 시어머니 장례식 때문에 ×, 다섯번째가 되어서야 마침내 참석할 수 있었다. 학창시절부터 사이좋게 지낸 친구 중 한 명은 결혼할 사람이 싱가포르로 부임해 따라가는 바람에, 또 한 명은 시댁에서 대대로 이어온 화과자 가게 일로 바빠 참석할 수 없었다. 유독 친한 친구들이 함께하진 못하지만 동창들을 만난다는 사실만으로도 설렜다. 마리는 시아버지, 남편, 아들이 먹을 점심식사 삼인분을 만들어둔 뒤, 특별히 아끼는 꽃무늬 원피스를 입고 모임 장소인 레스토랑으로 향했다.

문을 열고 들어가니 반가운 얼굴들이 줄지어 있었다.

"사이토."

한 여자 동창이 마리의 결혼 전 성姓을 불렀다. 반에서 가장 공부를 잘했던 반장 후지무라였다.

"오랜만이야, 이제까지 계속 못 만났잖아. 오늘은 너도 온다고 해서 기대하고 있었어."

후지무라는 마리가 끼어들 틈도 없이 쉬지 않고 빠르게 말했다. 두뇌 회전이 빠른데다 젠더가 어쩌고 하며 논쟁을 벌이기 아주 좋아했던 당시의 모습 그대로였고, 풍채가 좋아져서인지 한층 더 후지무라다워 보였다.

"오랜만이야. 어쩌다보니 이런저런 사정이 겹치는 바람에."

"그랬지. 첫번째랑 네번째는 안 좋은 일이었고 두번째는 결혼식, 세번째는 출산이었지?"

기억력도 건재했다. 특별히 친했던 사이도 아닌데 어쩜 그렇게 남의 일을 기억하는 건가 싶어 마리는 놀라웠다.

몇몇 여자 동창은 피트니스 센터를 경영한다는 근육질 남자의 주위에 몰려 있었다. 과거 왕뚱땡이라 불렸지만 지금은 딴사람처럼 멋있어진 인물이다. 하지만 딱히 가슴 설렐 만한 남자애가 있는 반도 아니었고, 그런 쪽에는 별 관심이 없었기에 마리는 뷔

페 음식에 매우 집중했다.

"사이토, 안녕."

마리와는 별로 친하지 않았던 구니코 일행이 다가왔다. 구니코는 수하 둘을 이끌고 다니던 삼인방의 보스 같은 존재였다. 구니코파라 불렸던 그들이 머리끝부터 발끝까지 전신을 품평하듯 마리를 쓱 훑어보자 순간 말문이 막혔다. 세 사람은 모두 마리가 미용실에서 본 패션잡지에 소개될 법한 차림이었다. 마리가 입고 있는 원피스는 무슨 일이 있을 때 입으려고 몇 년 전에 구입했는데, 그 무슨 일이 없어 줄곧 휴면 상태였다가 오늘에서야 비로소 빛을 본 것이었다. 분명 유행에는 좀 뒤처진 옷일지 모른다. 헤어스타일 역시 가능한 한 미용실에 가지 않고 해결할 수 있는 세미 롱 스타일이라 요즘 유행과는 동떨어졌을 것이다. 하지만 마리 자신은 생활에서나 패션에서나 그 정도면 됐다고 납득하며 살고 있기 때문에 이러니저러니 하는 말을 듣고 싶지 않았다.

"나머지 두 명은?"

오늘 참석하지 않은 두 명이 마리와 사이가 좋았던 걸 기억하는 모양이었다.

"둘 다 집안 사정이 있어서."

마리가 그들의 사정을 설명하자 구니코는 "아아, 그렇구나"

하며 동정이 아닌 약간 빈정대는 투로 말했다.

"사이토는 요즘 어떻게 지내?"

"나는 전업주부야. 아이는 여덟 살이고, 결혼하고 계속 집에 있었어."

"어머, 무료하지 않아? 아이도 여덟 살이면 이제 자기 일은 스스로 할 수 있잖아."

"시아버지랑 같이 살고 있기도 하고, 재작년에 시어머니가 돌아가셔서 여러모로 힘들었어."

"어머, 그게 네가 일하는 거랑 무슨 상관이야? 오히려 일하기 더 쉬울 것 같은데."

화제를 바꾸기 위해 마리가 구니코의 근무처를 물었다. 그러자 마치 기다렸다는 듯 유명 기업의 이름을 대며 가방에서 명함을 꺼내 마리에게 건넸다. 이름 위에는 '차장'이라는 직함이 붙어 있었다.

"얼마 전에 승진했어."

"부장 후보래, 정말 대단하지?"

구니코파의 수하 둘이 두목의 어깨 너머로 말을 걸어왔다.

"여자 힘으로 차장까지 가느라 많이 힘들었겠다."

마리는 그들의 이야기에 장단을 맞췄다.

"어머, 그렇지 않아. 우리 회사는 능력주의라 성별은 관계없거든. 당연한 일이지만 아직까지 보통 회사들은 좀 뒤떨어져 있지."

나머지 구니코파 둘도 풀타임으로 일하고 있다고 했다.

"집안일만 하다보면 생각이 좁아지잖아. 마트랑 학교랑 집만 왔다갔다하다 끝나는 인생이라니, 너무 아까워."

구니코파는 마리를 상대로 전업주부가 얼마나 못해먹을 일인지 설교하기 시작했다. 마리가 한동안 이런저런 말을 듣고 있는 와중에 구니코가 번뜩 생각났다는 듯 물었다.

"남편 분, 부자야?"

"그럴 리가. 평범한 회사원이야."

"그렇구나, 어느 회사?"

"너네처럼 유명한 회사는 아니야."

구니코는 회사 이름을 알아내지 못해 실망한 눈치였다.

"그럼 넌 시아버지랑 남편이랑 아들 뒷바라지를 계속하고 있다는 얘기구나. 남자들은 다 받아주면 안 돼. 오늘도 점심 만들어놓고 왔지?"

정곡을 찔린 마리가 움찔했다.

"그렇게 다 해주면 네 시간을 가질 수 없잖아. 집안일도 가족이 협조를 해줘야지. 네가 전부 떠맡으면 안 돼. 습관처럼 해주면 그렇게 해도 되는 줄 안다니까. 나중에 아들이 결혼해서 손자가 태어났는데 '엄마한테 애 좀 봐달라고 해야겠다' 하고 떠맡기

면 넌 줄곧 남의 뒤치다꺼리만 하다 일생이 끝나는 거야. 상상만
해도 아깝다. 잘 생각하는 게 좋을 거야."

그들의 주장에 마리는 대놓고 격분할 수 없었다.

남편은 어느 때고 집안일을 도와준 적이 없었다. 시어머니가
계셨을 때는 둘이 분담한 적도 있지만 지금은 마리 혼자서 집안
일을 도맡는다. 그런데도 남편은 도와주는 건 고사하고 유독 반
찬에 민감해 가짓수가 적으면 "이게 다야?" 하고 노골적으로 싫
은 얼굴을 한다. 반찬 세 가지면 충분하다 생각했는데 다섯 가지
를 원하는 모양이다. 그리고 더이상 식탁에 올라오는 게 없으면
"아아, 뼈빠지게 일하고 왔는데 이게 다군" 하며 한탄하듯 말한
다. 옆에 시아버지가 계시면 "불평하지 말고 얼른 먹어" 하고 남
편을 나무랐는데 최근에는 그런 것도 없어졌다.

'내가 너무 다 받아줬나.'

마리는 후회됐지만 평소 생활을 반성하러 동창 모임에 참석한
게 아니기에 다시 생각을 가다듬었다.

"건강 조심하고, 일 열심히 해."

마리는 그렇게 말하고 그들에게서 떨어졌다. 오늘 오지 못한
두 친구가 함께 있었다면 저쪽에 가서 구니코과 험담을 실컷 할
수 있을 텐데, 하는 생각에 안타깝기 그지없었다. 모처럼 나온
동창 모임인데 기분도 그저 그렇고 홀 중앙에 우르르 모여 있을

기분도 들지 않아 마리는 한쪽 구석에서 서성거렸다. 그런 그녀를 신이 살짝 위로라도 해준 건지 빙고 대회에서 4등 경품에 당첨되었다. 1등은 삼만 엔 상당의 상품권이었다. 마리는 핸디 안마기가 담긴 커다란 쇼핑백을 들고 곧장 집으로 돌아왔다.

집에 오자마자 아들 쇼타가 달려나왔다.

"자, 선물"

"우와, 이거 뭐야?"

쇼타는 쇼핑백에 든 물건이 몹시도 궁금한 모양이었다. 남편은 소파에 널브러져 골프 방송을 보고 있다.

"아버님, 다녀왔습니다."

시아버지는 거실장 서랍들을 여닫더니 다시 본인 방으로 돌아가서도 서랍을 죄다 열어서 뒤지고 있다.

"뭐 찾으세요?"

"아아, 응, 그게 좀."

마리는 크게 신경쓰지 않고 평상복으로 갈아입었다. 실은 집에 오는 길에 마트에서 식재료를 살까 했는데 빙고 대회에서 경품에 당첨돼 짐이 늘어난 바람에 그러지 못했다. 마리는 자신의 운이 좋은 건지 나쁜 건지 알 수 없었다.

"아빠, 이게 뭐야?"

쇼타가 안마기를 꺼내 남편에게 보여주며 물었다.

"짠, 이렇게 쓰는 거지."

남편은 콘센트에 연결해 아들의 어깨에 안마기를 올리며 대답했다.

"꺄아, 우와, 뭔가 이상해. 아빠한테 해줄게."

쇼타가 남편의 이마에 안마기를 대려고 하자 두 사람은 난리법석을 피우며 소파 위에서 엎치락뒤치락했다. 마리가 집을 나서려는데 여전히 시아버지는 서랍들을 죄다 여닫고 있다.

"아버님, 뭘 찾으시는 거예요?"

"아니, 아무것도 아니야."

마리는 고개를 갸웃거리며 다시 장을 보러 나섰다.

저녁식사를 준비하는 동안에도 모임에서 구니코파에게 들었던 말을 몇 번이나 떠올렸다. 마리는 채소 껍질을 벗기고 냄비를 씻는 자신에게 몇 번이고 중얼거렸다.

"이게 그렇게 아무것도 아닌 일이야?"

외출했다가 저녁식사 준비에 늦지 않게 집으로 돌아왔으나 아무도 도우려 하지 않으니 혼자 부엌에 틀어박혀 가족이 먹을 식사를 만든다. 함께 살고 있는 시댁의 부엌은 개방적인 아일랜드 형태가 아니라 가족을 등지고 요리해야 하는 구식 부엌이다. 남편에게 "이게 다야?"라는 소리를 들으면 화가 나니 그런 말을 듣지 않게끔 반찬 가짓수를 채운다. 요리를 좋아서 한다기보다는 거의 의지로 하는 것이다.

그날 밤도 가족은 마리가 만든 반찬을 죄다 먹어치웠다. 그러나 그릇 치우기도 설거지도 마리의 역할이다. 한번은 남편의 보너스가 나오기 전에 "식기세척기가 있으면 편할 텐데"라고 말한 적이 있지만 곧바로 거절당했다.

"당신이 계속 집에 있는데 그게 왜 필요해?"

그게 끝이 아니었다.

"그런 건 바쁘게 일하는 여자들이 쓰는 거지."

남편은 비아냥거리기까지 했다.

"나도 집에서 노는 거 아니라고. 당신이 입고 있는 옷이며 매끼 먹는 식사며, 버튼만 누르면 금방 나오는 게 아니란 말이야."

"나도 알아. 그런데 그건 당연히 해야 할 일이잖아."

마리가 화를 냈더니 남편은 코웃음치며 그렇게 말했다. 구니코의 얼굴이 또 떠올랐다.

'안 되겠다. 아무래도 당분간 계속 생각날 것 같아.'

네 사람이 쓴 그릇을 전부 설거지하고 부엌을 정리하면 다음은 욕조에 물을 받는다. 적당하게 따뜻한 물이 다 받아지면 제일 먼저 시아버지가 들어가고 그다음 남편과 아들이 들어간다. 그리고 마지막으로 마리가 들어갔다가 간단히 욕실 청소를 하고 남은 물을 세탁기에 넣어 세탁 예약을 한다. 매일 거의 똑같은 흐름이다. 그런데 이날은 시아버지가 목욕할 생각도 않고 여전히 방에 있는 서랍들을 여닫고 있었다. 그래도 마리가 물을 받아놓았다고 말을 꺼내자 순순히 욕실로 들어갔다. 찾는 물건이 뭔지 궁금하기는 했지만 마리는 대수롭지 않게 여기고 빨래를 갰다.

다음날, 시아버지는 본인 방에서 시간을 보냈다.

"아버님, 오늘은 오후부터 쇼타네 학교에 볼일이 있어서 외출하니 집 좀 부탁드려요."

학교의 큰 행사 중 하나인 PTA* 임원 선거가 있기 때문이다. 선거라지만 아무도 후보에 나서는 사람이 없어 제비뽑기로 정하게 되어 있다.

"그래, 수고가 많구나. 그런데 어미야, 아침밥은 언제 먹니?"

마리는 눈을 깜박이며 널려던 수건을 손에 든 채 멈칫 섰다.

"아버님, 아까 일곱시에 드셨잖아요."

"아냐, 그럴 리가. 아직 안 먹었는데."

"아니, 토스트랑 채소 수프랑 소시지랑……"

마리는 시아버지가 기억을 떠올릴 수 있도록 가능한 한 자세하게 설명했다.

"안 먹었어."

---

* Parent-Teacher Association의 약어로 사친회를 의미한다.

그래도 시아버지는 계속 고개를 가로저었다. 마리는 남편에게 문자메시지를 보내 시아버지한테 들은 말을 전했다. 잠시 후 답장이 왔다.

　"드시고 싶어서 그런 거니까 해드리면 되잖아."

　"그런 말이 아니잖아. 뭔가 이상하지 않느냔 말이야."

　마리는 욱하는 기분으로 답장을 보냈다.

　"뭐라도 좀 만들어드려. 드시든 안 드시든, 그러면 마음이 풀리시겠지."

　마리는 토스트와 소시지, 그리고 시금치볶음을 만들어 시아버지 앞에 놓았다. 아침도 다 드셔놓고 이번에도 맛있게 드셨다. 본인이 맛있게 먹으면 된 거 아닌가 싶으면서도 마리는 약간 불안했다. 열두시에 점심을 차려드리자 그것도 다 드셨다.

　마리는 보란듯이 PTA 임원으로 뽑히고 말았다. 다른 학부모들은 안도의 한숨을 내쉬며 서로를 마주보거나 구석에서 주먹을 불끈 쥐며 기뻐했다.

　'아, 나 참 지지리 운이 없구나.'

　마리는 그 모습들을 보며 절규하고 싶었다. 당첨되는 건 안마기까지가 좋았다. 또다른 당선자인 학부모는 임원 활동을 하고 싶었는지 만면에 미소를 띠며 마리의 손을 꽉 잡았다.

　"열심히 해봐요, 우리."

"아아, 네, 저는 아는 게 없어서 앞으로 잘 부탁……"

마리는 우물우물 말끝을 얼버무렸다.

"이제 연락할 일도 많아질 테니 메일 주소 좀 알려주실래요?"

앞으로 귀찮게 PTA 연락이 올 거라고 생각하니 마리는 죄다 수신거부를 하고 싶어졌다.

"어차피 할 거면 지금이 낫다고 봐요. 고학년이 되면 중학교 입학시험도 있어서 힘들 것 같아요."

옆에 있던 다른 엄마가 조용히 위로해주었다. 아들이 다니는 학교의 일이니 될 수 있으면 기분좋게 맡은 일을 하자고 마리는 스스로를 타일렀다.

집에 돌아오자 쇼타가 간식으로 놔두고 간 과자를 먹으며 나왔다.

"다녀오셨어요."

엄마가 사친회 임원이 됐다고 말하려는 찰나 쇼타가 끼어들었다.

"할아버지가 또 뭘 찾고 있어."

서둘러 집안으로 들어가자 시아버지의 방뿐만 아니라 거실과 복도에도 잡다한 물건들이 쏟아져나와 있었다. 오랫동안 교직에 계셨던 터라 역대 졸업앨범까지 여기저기 널브러져 있었다.

"찾으시는 게 있으면 저도 같이 찾을게요."

마리가 말을 걸자 시아버지는 이미 텅 빈 서랍 속을 살피며 같은 말만 되풀이했다.

"아니, 괜찮아. 괜찮아."

마리는 분명 뭔가 이상하다고 확신하면서 어질러진 물건들을 한데 모으기 시작했다.

"그럼 여기 어질러진 것들을 일단 정리할까요?"

"아, 그래야겠네."

시아버지는 순순히 줍기 시작했다. 여기에 두면 될까요, 하고 물어도 "응"이라고밖에 안 하는 시아버지에게는 죄송한 마음이 들었지만, 마리는 일단 적당한 곳에 물건들을 넣어 어질러지기 이전의 상태로 돌려놓았다.

마리가 한숨 돌리는 사이 시아버지가 다가와 진지한 얼굴로 물었다.

"점심밥은 아직 다 안 된 거야?"

"네? 채소조림이랑 된장국을……"

"아니, 안 먹었어."

시아버지는 정색하고 마리를 바라보았다. 자신이 깜빡하고 점심을 안 드렸나 착각할 만큼 진지한 눈빛이었다. 마리는 심장이 두근거렸다.

"잠깐만 기다리세요."

되도록이면 저녁식사에 지장이 없도록 냉장고 안에 있던 연어로 오차즈케*를 만들어드리자 시아버지는 만족스럽게 식사를 했다. 쇼타도 이제까지와 다르게 대식가가 된 할아버지를 의아하게 바라보았다.

"할아버지한테 뭔가 이상한 점이 있으면 알려줘."

"응, 알았어."

마리가 귓속말을 하자 쇼타는 차분한 표정으로 고개를 끄덕이며 대답했다.

시아버지는 저녁도 여느 때처럼 드셨다. 평소보다 세 배 정도나 더 드셔서 괜찮을지 걱정했는데 아니나 다를까 쇼타가 알려주었다.

"엄마, 할아버지가 화장실 앞에서 토했어."

마리가 괜찮으시냐고 묻자 시아버지는 아무렇지도 않다고 했다. 그래도 혹시 모르니 일단 위장약을 드시게 했다. 쇼타가 잠든 후, 마리는 퇴근한 남편에게 이야기를 꺼냈다. 아무리 생각해도 아버님이 이상하니 검사를 받고 곧바로 개호 인정** 접수를 하는 편이 좋겠다고 말이다.

---

* 녹차를 우린 물에 밥을 말아 고명을 얹어 먹는 음식.

** 개호는 '요양·간병'을 뜻하며, 개호 인정이란 일본 정부의 개호보험제도에 의거해 피보험자가 간병이 필요한 상태임을 인정받는 것이다.

"관둬. 그런 거 받을 필요 없어."

"아버님이 걱정되지 않아?"

"노인들에게 착각은 으레 있는 일이야."

"그런 거라면 다행이지만 만에 하나 치매라면 확실히 대처를 해야지. 안 그럼 아버님이 안됐잖아."

"단순한 노화 현상이야."

"어떻게 그런 말을 할 수 있어? 아프신 거면 어떻게 할 거야?"

"아프실 리 없어. 아버진 줄곧 교직에 계셨어. 다른 노인들보다 훨씬 머리를 많이 쓰셨다고."

"그런 건 아무 의미 없어."

"아버지를 무시하는 거야?"

"그런 뜻이 아니잖아."

남편은 개호 인정을 받는 일에 결사반대하며 마리의 이야기를 들으려고도 하지 않았다.

"이대로 그냥 내버려둬서 상태가 더 나빠지면 난 어떻게 하란 말이야. 집안일에 쇼타네 학교 일, 거기다 아버님 수발까지. 나더러 다 하라는 거야?"

"그게 당신 역할이잖아."

마리가 호소하자 남편은 불쾌하다는 듯 그렇게 말하고 방으로 들어가버렸다.

"내 역할이라니…… 그게 무슨 말이야!"

마리는 바로 앞에 있는 쿠션을 남편이 사라진 복도 쪽으로 집어던졌다.

시아버지의 상태는 단순한 착각 같은 것이 아니었다. 분명 노화의 증상은 맞지만, 세끼 식사를 다 드신 직후에 "밥은 언제 먹어?"라고 계속 묻는 건 역시 보통 일이 아니었다. 게다가 뭘 찾는 건지 본인도 알지 못한 채 아무런 성과 없이 물건을 찾는 일도 계속되었다. 퇴근한 남편에게 마리가 매일같이 그날 있었던 시아버지의 행동을 보고하면 남편은 화를 냈다.

"거 참 시끄럽네. 지쳐서 집에 왔는데 그런 얘기 듣고 싶지 않아."

"당신은 사실을 알게 되는 게 두려운 것뿐이잖아."

그동안 쌓였던 감정을 쏟아내자 남편은 이제껏 본 적 없는 험악한 눈빛으로 마리를 노려보고는 여느 때처럼 온몸으로 불쾌감을 표출하며 방에 틀어박혔다.

이튿날 남편은 출근하기 전에 마리에게 딱 잘라 말했다.

"아버지 얘기는 처가나 이웃 사람들한테 의논하지 마."

"왜?"

"우리 가정사를 남들한테 미주알고주알 떠들지 말라는 소리야."

그 말을 남기고 남편은 나갔다. 남편은 아버지의 상태를 모른 체하기로 작정하고, 이런 상황을 남들이 아는 게 싫어 허세를 부렸다. 마리는 설거지를 하는 동안 남편의 그런 모습을 생각하니 어이가 없었다. 그후 부부 사이의 대화는 거의 사라졌다.

시아버지는 여전히 "밥은 언제 먹어?"를 반복하고, 마리가 나름대로 양을 조절해서 주는데도 가끔씩 토를 한다. 쇼타가 그런 일을 알리면 남편은 "왜 그런 짓을 하세요!" 하고 자신의 아버지에게 호통을 친다. 그러면 안쓰러운 생각에 마리가 시아버지를 두둔하다보니 갈수록 남편은 더욱 불쾌해했다.

부부 사이가 좋지 않아도 중간에 자식이 끼면 그 모습을 숨겨야 할 때가 있다. 한 달 전 쇼타가 좋아하는 공룡 이벤트 티켓을 구입해둔 터라 상황은 이렇지만 셋이서 그곳에 가야 하는 처지가 되었다. 마리는 시아버지 혼자 집을 보게 해 걱정스러웠지만 그래도 평소보다 양을 늘려 시아버지가 드실 도시락을 만들어놓은 뒤, 혹시 모를 만일에 대비해 가스 밸브를 잠그고 집을 나섰다. 쇼타는 공룡 뼈와 그래픽 영상 등을 보며 몹시 신나했고, 남편도 아들의 이야기에 귀기울이며 잘 놀아줬다. 마리는 그 모습을 보니 이 세상에 함께 아들을 낳게 한 남편에 대한 불만이 조금은 누그러지는 듯했으나, 그래도 시아버지 문제는 확실히 해둬야겠다고 마음을 다잡았다. 그렇게 쇼타를 사이에 두고 손을 잡은 세 사람은 공룡 이야기를 하며 집으로 돌아갔다.

"어? 저거 우리집이잖아."

남편이 멈춰 서서 앞쪽을 비스듬히 가리켰다. 그 손끝을 따라 가보니 살짝 보이는 마리네 지붕 위에 작업복 차림의 남자들 셋이 있었다. 남편은 황급히 달려갔고 마리도 쇼타와 함께 뒤따라갔다.

"대체 뭐하는 겁니까?"

집 앞에 다다른 남편이 공사용 구조물을 설치하고 있는 작업복 차림의 남자에게 크게 소리치자 그들은 어리둥절한 얼굴로 이쪽을 내려다보았다.

"공사하는데요."

"공사 같은 거 의뢰한 적 없어요."

그때 책임자로 보이는 남자가 황급히 서류를 보여주었다.

"이게 뭐야?"

남편이 눈앞에 서류를 갖다대자 마리도 옆에서 슬쩍 들여다보았다. 이백만 엔짜리 태양열판 설치 계약서 사본의 계약자란에 시아버지의 서명과 날인이 있었다.

"계약금 이십만 엔은 그때 현금으로 주신 듯하고요."

영수증 사본도 있었다. 계약일은 한 달 반 전이었다. 마리가 기억을 더듬어보니 아침부터 셋이서 외출하는 바람에 시아버지 혼자 집을 본 날이었다. 그때 방문한 사람들의 권유로 계약한 모양이다. 그리고 지금까지 부부는 아무 말도 듣지 못했던 것이다.

"아무튼 잠깐 기다리세요."

남편은 계약서를 들고 집안으로 뛰어들어가 또 호통을 쳤다.

"이게 대체 어떻게 된 일이에요!"

"너무 그렇게 소리치지 말아요."

마리가 뒤에서 안절부절못하는데 시아버지는 그저 이렇게 대답했다.

"글쎄, 모르겠는데."

남편이 계약서를 보여주며 서명 날인이 되어 있지 않느냐고 따져도 모른다는 말만 되풀이할 뿐이다. 당시에는 의미 없이 물건을 찾지 않았던 때라 마리는 이상한 낌새를 못 느꼈지만, 이미 시아버지의 몸에서는 조용히 변화가 일어나고 있었던 셈이다.

어쨌거나 공사를 중지해달라고 부부는 최대한 저자세로 사정을 설명했다. 일단 인부들은 돌아갔지만 구조물은 그대로 남겨진 채였다.

"난 바쁘니까 뒷일은 당신이 좀 처리해줘."

업무가 시작되는 월요일에 남편이 마리에게 말했다.

"당신이 이 집안 책임자잖아. 뭐든 나한테 떠넘기지 마."

마리가 맞받아치자 남편은 마지못해 그쪽 회사에 연락하겠다고 약속했다. 결국 계약금을 돌려받지 않고 구조물 철거 비용까지 부담하겠다는 조건으로 해지를 인정해주었다.

"좋은 회사라서 다행이야. 뻔뻔한 회사 같아서 계약서를 앞세워 억지로 밀어붙이면 우린 아무 말 못했을 거야. 앞으로 또 이런 일이 있을지 모르잖아. 개호 인정을 받아두면 그럴 때 증명할 수 있다고."

그날 밤 마리는 남편을 설득했다.

"그런 거 필요 없어. 앞으로 아버지를 혼자 두지 않으면 된다는 얘기잖아. 당신이 집에 있으니까 괜찮지 않아?"

"난 앞으로 PTA 활동도 해야 하고 장을 보러 갈 때도 있어. 그럴 땐 어떻게 하란 말이야?"

남편은 밖에서 문을 잠그고 가면 된다는 둥 택배로 주문하라는 둥, 근본적인 해결에는 전혀 도움이 안 되는 말들만 늘어놓았다.

"왜 보고도 못 본 척하는 거야? 결국 그 부담은 죄다 나한테 떠넘기고."

마리는 남편에게 바싹 다가갔다.

"부모랑 같이 살고 있으니 어쩔 수 없는 일이잖아."

"내 말은 그런 게 아니야!"

마리는 크게 쾅 하고 식탁을 내려쳤다. 양손바닥이 상당히 아팠지만 분노의 감정이 더 컸기 때문에 그대로 남편의 얼굴을 뚫어지게 노려보았다.

"당신 마음대로 해!"

남편은 거칠게 쿵쾅거리며 방에서 나갔다. 마리는 내일 구청에 가서 개호 인정 신청을 하리라 결심했다. 다만 앞일을 생각하자 마음이 무거워졌다. 집안일, PTA, 시아버지 수발…… 남편은 전업주부가 그 모든 일을 해내는 게 당연하다고 여기는 모양이었다.

"웃기는 소리 하지 마."

마리는 무심코 그렇게 내뱉었다. 그러자 목욕을 끝마친 시아버지가 다가와 태평한 목소리로 물었다.

"저녁밥은 언제 먹니?"

"이걸로 안 될까요?"

쿠키와 따뜻하게 데운 우유를 내놓자 시아버지는 맛있게 드셨다.

앞으로 어떤 일이 벌어질까? 어떤 결과든 그에 따라 살아가야 한다. 시아버지도 그렇게 되고 싶어서 된 게 아니니까. 그렇다 해도 남편의 태도를 생각하면 또 화가 치밀었다. 시아버지에게는 그렇지 않지만 그 인간에게는 화가 난다. 또다시 어찌할 수 없는 분노가 올라와 마리는 싱크대 앞에서 두 주먹을 불끈 쥐었다.

*

　"아버님 상태가 이상해."

　처음에는 그렇게 조바심을 냈지만 어쩌면 시아버지의 그런 행동은 노인들에게 흔히 있을 수 있는 우연한 일이었는지도 모른다. 시간이 지나면 원래대로 돌아올지도 모른다. 마리는 은근히 그런 기대를 품고 있었다. 그러나 시아버지를 관찰한 결과, 그기대는 보기 좋게 좌절됐다.

　다 같이 아침식사를 마치고 나면 어김없이 "밥은 언제 먹어?"가 나왔고, 최근에는 쿠키와 따뜻한 우유로는 만족을 못해서 "이게 다야?" 하고 언짢은 표정을 짓기 시작했다. 밥을 또 달라고 하더라도 과식하면 나중에 꼭 토하기 때문에 달라는 대로 드릴 수는 없었다. 그렇다고 외면하면 빨래를 하려는 마리의 뒤에 붙어서 "밥은 언제 먹어?" 하고 계속 묻는다.

　요전에는 밥공기에 밥 두 숟가락 정도와 작은 접시에 톳조림을 조금 담아서 냈더니 대놓고 싫은 소리를 했다.

　"이게 뭐야, 반찬이 너무 없잖아."

　이제까지 시아버지는 어떤 식사를 차려드려도 불평한 적이 없었다. 남편이 음식 간이나 반찬 가짓수로 불평하면 오히려 "차려주는 밥상인데 군소리 말고 먹어" 하며 남편을 나무랐었다.

'여태껏 참고 있던 게 터진 건가?'

마리는 불안해졌다. 세탁기 앞에 있든 마당에 빨래를 널러 나가든 시아버지는 마리의 뒤를 따라다녔다.

"조금 있으면 점심 차려드릴 테니 그때까지 잠시 기다리세요."

몇 번이나 거듭 일러준 끝에야 시아버지는 한발 물러났다.

"그래? 어쩔 수 없지."

그렇게 마리가 한숨 돌리고 마당에서 빨래를 널고 있는 사이 집안에서 큰 소리가 났다. 마리는 슬리퍼를 벗어던지고 부랴부랴 시아버지의 방 앞으로 갔다.

"아버님, 무슨 일 있으세요?"

살짝 열린 방문 틈으로 안을 들여다보니 책장에 있던 책들이 방안에 죄다 쏟아져 있었다.

"또 뭔가 찾으시는 거예요?"

"으음, 뭐, 그렇긴 한데……"

"찾으시는 게 뭐예요? 같이 찾아드릴까요?"

"아냐, 괜찮아."

전과 똑같은 대화가 반복됐다. 전혀 괜찮지 않다는 생각에 마리가 가만히 지켜보니, 전에는 책을 소중하게 다뤘던 시아버지가 책장에서 아무렇게나 책들을 꺼내 제목만 대충 보고는 그대로 다다미 바닥 위로 내던지고 있었다. 표지가 펼쳐진 채 떨어지고 책장이 구겨져도 나 몰라라 했다.

"아버님이 소중히 여기는 책이잖아요."

"아아, 그렇지."

마리가 황급히 책을 주워 구겨진 책장들을 펼쳐놓는데도 시아버지는 대충 대답하며 바닥 위로 계속 책을 던졌다.

"아야야!"

그중 한 권이 마리의 허리로 떨어졌다. 책 모서리에 찍힌 허리를 문지르며 책을 내던진 장본인의 얼굴을 쳐다보았지만 시아버지는 여전히 나 몰라라 했다.

'역시 이상해. 이런 분이 아니었는데.'

온화하고 다정한 시아버지의 모습이 아니었다. 정리를 하려고 해도 책이 연달아 날아오는 탓에 마리는 포기하고, 도저히 의도를 알 수 없는 시아버지의 작업이 끝날 때까지 손대지 않기로 했다.

조금이라도 마음을 진정시키고자 마리는 커피를 내렸다. 블랙으로 한 모금 마신 뒤, 시아버지에게 드릴 커피와 설탕, 데운 우유를 쟁반에 담아 들고 갔다.

"아버님, 커피 드시겠어요?"

방안에는 시아버지의 무릎 높이까지 책들이 엉망진창으로 쌓여 있었다. 마리의 목소리에도 시아버지는 돌아보지 않았다.

"아버님, 커피……"

손에 든 책 다섯 권을 내던진 뒤에야 돌아본 시아버지는 그윽한 향기를 풍기는 커피를 보더니 손을 뻗었다.

　"고맙다."

　"여기는 제가 좀 정리할게요."

　마리는 이때다 싶어 돌출창 위에 쟁반을 놓은 뒤 있는 힘껏 손발을 써서 시아버지가 학생 때부터 줄곧 쓰고 있는 목재 책상이 있는 데까지 사람이 다니도록 길을 냈다. 시아버지는 커피 향기에 마음이 끌렸는지 만면에 미소를 띠고 다가와 의자에 앉아 커피를 마셨다. 전에는 꼭 설탕 두 스푼을 넣었는데 이번에는 블랙커피를 그대로 마시고는 얼굴을 찡그렸다.

　"아버님은 늘 설탕이랑 우유를 넣으셨어요."

　"놔둬, 내가 할 수 있어."

　시아버지는 대신 넣어주려는 마리의 손을 뿌리치더니 설탕통 스푼이 아닌 커피스푼을 잔 안에 한 번 푹 담갔다. 그러고는 잠시 스푼을 쥐고 있다가 여전히 그대로인 블랙커피를 다시 마시기 시작했다.

　"아버님, 설탕은요?"

　"어어, 넣었으니까 괜찮아."

　'안 넣으셨거든요.'

　마리는 속으로 대꾸하며 조금 묘한 표정을 지었다. 그러면서 커피를 마시는 시아버지의 얼굴을 바라보았다.

이내 도망치듯 방에서 나온 마리는 부엌으로 돌아와 커피를 마셨다. 책장에 있던 모든 책을 쏟아냈기 때문에 집안은 조용해졌다. 혹시나 하고 기대했지만 역시나 현실은 가차없다. 마리는 최근에 일어난 일들을 남편에게 말하지 않았다. 시아버지의 행동이 이상하다고 아무리 알려도 "이상하지 않다"고만 하는데다, 자기 부모 일인데도 노골적으로 불쾌한 표정을 드러내기 때문이다. 내일은 반드시 구청에 가서 개호 인정에 대해 자세한 설명을 듣고 와야겠다고 마리는 결심했다. 그리고 시아버지가 목욕하는 동안 적당히 책을 다시 꽂아서 이부자리를 깔 공간을 만들었다.

남편과 상의하지 않고 구청에 신청서를 내리라 결심한 다음날 아침, 식사를 마친 직후 모두가 있는 앞에서 시아버지가 말했다.

"밥은 언제 먹니?"

눈앞에는 방금 전 다 먹은, 그것도 반찬 한 점 남김없이 다 먹은 그릇이 놓여 있다. 쇼타는 두 눈이 휘둥그레져 마리의 얼굴을 바라보고, 마리는 남편의 얼굴을 바라보았다.

"방금 전에 다 드셨잖아요. 눈앞에 있는 그릇은 뭐예요."

남편은 인상을 찌푸리며 말을 내뱉고 집을 나섰다.

"할아버지 다 드셨어요. 여기, 그릇 보세요."

쇼타는 몇 번이고 할아버지 눈앞에 있는 밥공기를 가리키며 알려주었다.

"안 먹었어."

손자가 아무리 설명해도 시아버지는 완고하게 고집을 피웠다.

"할아버지한테 알려줘서 고마워. 조심해서 학교 다녀와."

마리는 쇼타를 학교에 보내고 난 뒤, 불만스러운 듯한 시아버지의 얼굴을 가만히 바라보았다. 그렇게 둘만 남은 집에서 시아버지는 집안일을 하는 마리의 뒤를 졸졸 따라다니며 "밥은 언제 먹어?" 하고 계속 묻는다. 방금 드셨다고 해도 들은 척도 안 한다. 그러더니 잠시 후 이런 말을 한다.

"이젠 밥도 안 주는구나."

"네네, 알겠습니다."

마리는 한숨 섞인 대답을 한 뒤, 방금 전 닦아놓은 밥공기에 밥을 조금 담고 시아버지가 좋아하는 밑반찬인 오색콩조림을 작은 접시에 덜어 식탁 위에 놓았다.

"드세요."

시아버지는 여태 아무것도 안 먹은 사람처럼 부랴부랴 의자에 앉더니 눈 깜짝할 새 음식을 다 먹어치웠다.

"이게 다야?"

"밥이 없어서요. 점심 때 다시 해서 충분히 드릴게요."

마리가 텅 빈 밥솥을 보여주자 시아버지는 불만스러운 얼굴로 중얼거리면서 방으로 들어가버렸다. 잠시 후 쿵쿵 하는 소리가 들려왔다. 책장에 꽂아둔 책을 다시 꺼내 집어던지는 모양이었다. 마리는 빨리 구청에 가야겠다 싶어 시아버지의 방을 살며시 들여다보며 말했다.

"저 잠깐 장보러 다녀올게요."

쌓여 있는 책을 집어들어 다시 내던지기를 반복하던 시아버지는 손을 멈추고 마리를 향해 돌아보며 방긋 웃었다.

"어어 그래, 잘 다녀와."

그러고는 다시 책을 집어던지며 있지도 않은 무언가를 찾기 시작했다. 마리는 종종걸음으로 집을 나섰다.

'내가 외출할 때 웃으며 "잘 다녀와" 인사도 제대로 하셨으면서. 어째서 책을 막 집어던지고, 자꾸 밥을 안 먹었다고 집요하게 구시는 걸까.'

마리는 생각하다보니 슬퍼졌다. 그리고 뒤이어 남편을 향한 분노가 끓어올랐다.

'자기 아버지 일인데 진지하게 생각하지도 않고. 자기 체면만 중요하지. 게다가 아버님 수발이 내 역할이라니, 해도 너무하네 정말.'

화가 나 성큼성큼 걸었는지 평소보다 구청에 빨리 도착한 기분이 들었다. 우연인지 아님 주위에 비슷한 처지가 많은 건지,

복지과에는 생각보다 많은 사람들이 순서를 기다리고 있었다. 틀림없이 다들 비슷한 심정으로 와 있을 거라 생각하니, 화장이 진한 옆자리 아주머니도, 앞쪽 소파에 앉아 끊임없이 투덜거리는 귓털 삐져나온 아저씨도 동지처럼 느껴졌다.

사십 분 정도를 기다려 마침내 순서가 돌아왔다. 남자 담당자가 개호 인정에 대해 설명해줬다. 구청에 신청서를 내면 직원이 집으로 찾아와 상황을 조사하고 의사가 상태를 판단해 서류를 작성해준다고 한다. 그러면 그것들을 토대로 판단해 개호 등급이 결정된다.

"개호 등급이 결정되면 어떤 서비스를 받으실지 케어매니저*와 의논하시게 됩니다."

마리는 그저 고개를 끄덕일 수밖에 없었다. 그리고 이야기가 끝나면 서둘러 집으로 가야 했다. 집안이 어떤 꼴이 되어 있을지 알 수 없으니 말이다. 책이 또 온 집안에 쏟아져 있을지도 모른다. 마리는 돌아가는 길에 들른 마트에서도 잽싸게 장보기를 마치고 할 수 있는 한 빠르게 잔달음으로 귀가했다.

"다녀왔습니다."

마리는 숨이 차올라 쌕쌕거렸다. 다행히 집안에서는 아무런

---

* 환자나 노인의 요양에 관한 전문가.

소리도 들리지 않았다. 살며시 방안을 들여다보니 시아버지는 흐트러진 책들에 기대어 눈을 감고 있었다. 혹시 돌아가신 건가 싶어 허둥지둥 가까이 다가가니 숨소리가 들려 안심했다.

"그렇게 무거운 책을 들었다 던졌다 했으니 피곤하시기도 하겠지."

마리는 벽장 안에서 얇은 이불을 꺼내 덮어드렸다. 개호 인정 신청서를 제출했다는 사실을 남편에게는 아직 말하지 않았다.

며칠 후, 구청 직원이 찾아왔다. 손님이 거의 오지 않는 집에 낯선 남녀가 찾아오니 시아버지는 무척 들뜬 듯했다. 우선은 넷이서 거실에 앉아 대화를 시작했다. 직원들은 차를 딱 한 모금 마신 뒤 시시콜콜한 잡담을 마치고 본론으로 들어갔다.

"아버님, 오늘 아침 몇 시에 일어나셨어요?"

"어디 보자, 대개 다섯시에는 눈이 떠진답니다."

"식사하실 때 특별히 가리시는 것은요?"

"뭐든 잘 먹습니다. 가리는 건 없어요. 우리 며느리가 항상 맛있는 걸 만들어줘서 고맙게 생각합니다."

시아버지는 옆에 앉아 있는 마리를 가리켰다.

"그러세요? 그거 참 다행이네요. 건강해 보이셔서 좋습니다."

"네. 양껏 먹지 않고 위의 팔 할만 채우는 게 건강의 기본이라는 말을 듣고 자랐기 때문에 그 점은 늘 명심하고 있습니다."

시아버지는 그렇게 말하고 가슴을 쫙 폈다. 요리 실력을 칭찬받은 건 기뻤지만, 나머지는 현실과 다른 이야기였다. 마리는 시아버지 모르게 직원들을 향해 살짝 고개를 가로저으며 그 말이 틀리다는 걸 호소했다. 여성 직원이 눈치채고 눈빛으로 알겠다는 신호를 보내주었다.

"어떤 일을 하셨었나요?"

남자 직원이 묻자 시아버지는 다시 자세를 바르게 하고 대답했다.

"중학교에서 역사를 가르쳤습니다. 제자 중에는 야구선수, 배우, 유명 기업 대표가 된 아이도 있습니다."

시아버지는 기쁘게 웃었다. 가르친 제자들이 훌륭한 사람으로 성장했다는 사실은 지금도 기쁜 일이리라.

"정말 대단하시네요."

두 직원은 일상생활에서 곤란한 점이나 불만은 없는지도 물었다.

"아무것도 없습니다. 만족하고 있어요."

딱 잘라 말하는 시아버지의 모습에 마리는 옆에서 놀라지 않을 수 없었다.

'아버님이 전혀 이상하지 않아.'

자신이 여태껏 보고 들었던 건 대체 무엇일까. 환각일 리도 없고. 하지만 옆에 앉아 있는 시아버지는 어느 한 군데 이상한 점이 없다. 지금 이렇게 옆에서 보면 아무런 문제 없는 할아버지다. 바로 앞에 차를 두고 "나는 왜 차 안 주니"라고 하지도 않고, 구청 직원들과 상냥하게 이야기를 나누며 차를 마시고 있다.

'이게 대체 어떻게 된 일이야.'

직원들은 한 시간이 조금 못 되어 자리에서 일어섰다.

"또 우리집에 놀러 와요."

시아버지는 헤어지기 섭섭하다는 듯 말했다.

"잠깐 배웅 좀 하고 올게요."

마리는 슬리퍼를 신고 직원들과 함께 밖으로 나갔다.

"감사합니다."

"아닙니다, 저희야말로."

두 사람은 고개를 숙였다.

"저기, 아버님이 멀쩡하다고 해야 할까, 정상적으로 이야기를 하셔서 깜짝 놀랐어요. 평소엔 '밥은 언제 주냐'며 집요하게 절 따라다니시고, 온 방안에 졸업 앨범이나 책들을 막 늘어놓으셔서 이상하거든요. 어떻게 된 일일까요? 오늘은 정말 평범하게…… 평소와 다른 모습이라서……"

마리는 구청에서 자기가 했던 말이 거짓이 아니라는 사실을 두 사람이 알아주길 바라며, 아까는 평소 시아버지의 모습이 아니라고 설명했다. 그러자 그들은 고개를 끄덕였다.

"그런 분들이 많아요. 가족이 아닌 낯선 사람이 찾아오면 긴장한다고 할까, 마음을 다잡는다고 할까. 아마 그런 상태가 되는 모양이에요. 아버님만 그러신 건 아닙니다. 그래도 부인께서 아무 말씀 안 하신 건 잘하셨어요. 개중에는 당사자 앞에서 '평소와 전혀 다르잖아. 오늘은 왜 그렇게 멀쩡한 거야' 하고 화를 내는 분들도 계시거든요."

그렇게 말하고 싶은 가족의 기분도 마리는 무척이나 이해됐다.

무슨 일이 있어도 전혀 동요하지 않을 듯 온화한 두 직원은 돌아갔다. 이 일이 자극이 되어 시아버지가 예전처럼 돌아와준다면 좋겠다고 기대를 품었지만, 집안으로 한 발짝 들어선 순간 마리는 그대로 굳어버렸다. 싱크대 아래에 놓아둔 믹싱볼이며 채반이 복도에 나뒹굴고 있었다. 그제야 정신이 번쩍 들어 황급히 부엌으로 뛰어들어가니 싱크대 밑 수납용 서랍과 여닫이문이 열려 있고, 막 세척해둔 조리도구며 행주가 바닥에 널려 있었다. 이런 일을 할 사람은 한 명밖에 없다.

"아버님!"

마리가 방으로 갔더니 시아버지는 책상 앞에 앉아 책을 읽고 있었다. 몇 시간 전부터 이러고 있었다는 걸 어필이라도 하려는 듯한 모습으로.

"오오, 무슨 일이야."

"주방에 있는 서랍 여셨죠?"

"서랍?"

시아버지는 진지한 얼굴로 고개를 갸웃거렸다.

"복도랑 부엌 바닥에 채반이랑 행주가 널려 있잖아요."

"쇼타가 장난친 거 아닌가?"

"쇼타는 아직 학교에서 안 왔어요."

"아, 그래?"

마리의 흥분을 흡수하기라도 한 듯 시아버지는 담담했다.

"방금 전까지 손님이 있던 거 기억하세요?"

"손님? 글쎄 모르겠는데."

대화가 되지 않았다. 마리는 나뒹구는 조리도구를 다시 씻고, 막 삶아 빤 행주를 또 빨아야 했다.

개호 인정을 받기 위한 다음 단계는 병원 진단이다. 마리는 과연 시아버지가 병원에 가려고 할지 걱정됐지만 오랜만의 외출에 기분이 좋았는지 순순히 따라나섰다.

"오늘은 어디서 오셨나요?"

의사가 시아버지에게 물었다.

"우메다케초에서 왔습니다."

"그러시군요. 주소를 말씀하실 수 있나요?"

"우메다케초 1초메, 어어, 1초메, 으음 뭐였더라."

'2의 8번지!'

마리가 굉장한 기세를 담아 필사적으로 텔레파시를 보냈지만 전달되지 않았다.

"으음, 1초메…… 잘 모르겠습니다."

시아버지는 부끄럽다는 듯 웃었다.

"네 알겠습니다. 연세는 어떻게 되시죠?"

"어디 보자, 예순 둘이었나."

'네? 올해 일흔 여덟이시잖아요.'

대체 어떻게 계산을 했기에 그런 말도 안 되는 나이가 나온 건지 마리는 기가 막혔다. 한편, 의사는 담담하게 다음 질문으로 넘어갔다.

"지금부터 단어를 세 개 말할 테니 저랑 똑같이 말해보세요. 이따가 다시 여쭤볼 거니까 기억해두세요. 벚꽃, 고양이, 전철."

"벚꽃, 고양이, 전철."

시아버지는 천천히 반복했다. 이번에는 왠지 느낌이 좋아 계속 지켜보고 있으니, 의사는 뒤이어 자신이 말한 숫자를 거꾸로 반복하게 했다. 숫자가 세 개일 때는 잘해냈지만 네 개가 되자 시아버지는 어려워했다. 물건 다섯 개를 보여준 뒤 숨기고 무엇이 있었는지 묻는 테스트에서도 전부를 대답하지는 못했다.

"알고 계신 채소 이름을 최대한 말씀해보세요."

시아버지가 이 질문에 가장 대답을 잘해 마리도 마음이 좀 놓였다.

"제가 아까 단어를 세 개 말했었는데 다시 말씀해주시겠어요?"

'벚꽃, 고양이, 전철.'

마리는 속으로 떠올렸지만 정작 시아버지는 "으음" 하며 머리를 긁적였다.

"한 개는 식물이에요."

의사가 힌트를 줘도 그저 고개를 갸웃할 뿐이다. 동물과 교통수단이라는 힌트를 들은 시아버지가 간신히 '전철'만 기억해냈을 때, 여태껏 숨을 죽이고 있던 마리는 왈칵 호흡을 내뱉었다.

"백부터 차례대로 칠씩 뺄 수 있으신가요? 우선 백에서 칠을 빼면 몇이죠?"

"어어, 구십삼."

"네, 그럼 구십삼에서 칠을 빼보세요."

마리도 속으로 같이 해봤지만 워낙 숫자에 약한 성향이라 하면서도 가슴이 두근거렸다.

'구십삼에서 칠을 빼면, 음, 십을 빌려와서 십삼을 만들고 칠을 빼면 팔십육인가.'

"으음, 팔십육."

시아버지도 정확히 해냈다.

"네, 그럼 팔십육에서 칠을 빼세요."

'어…… 칠십구, 다음은 칠십이……'

마리는 시아버지의 머리에 대해 이러쿵저러쿵하기 전에 자신의 머리가 걱정되기 시작했다. 시아버지는 팔십육 빼기 칠에서 막혔고 거기서 테스트는 끝났다.

"이제 끝났습니다. 고생하셨어요. 몸은 괜찮으세요?"

의사는 시아버지에게 친절하게 말을 걸었다.

"네, 몸 하난 튼튼합니다."

물론 머리 아래로는 건강하시죠, 하는 생각이 들어 마리는 맥이 풀린 채 의사에게 감사하다고 인사한 뒤 병원을 나왔다.

"아버님 피곤하셨죠? 모처럼 나왔는데 밖에서 차라도 마실까요?"

"그거 좋지."

기뻐하는 시아버지의 얼굴을 보자 마리는 슬퍼졌다. 이렇게 제대로 대화가 될 때도 있는데 왜 그런 이해할 수 없는 행동들을 하셨던 걸까. 둘이서 가까운 카페에 들어가 커피를 주문했다. 시아버지는 밖을 보거나 가게 안을 둘러보며 약간 흥분한 기색을 보였다. 구청 직원과 면접할 때 모습으로 보아, 타인과 만나면 자극이 되지 않을까 하는 생각에 마리는 말을 꺼내보았다.

"동네에 게이트볼이나 그라운드 골프 모임이 있는 모양인데 아버님도 가보실래요?"

"아니 괜찮아. 그런 건 별로 안 좋아해서."

"그러세요? 바깥공기도 마시고 하면 좋지 않을까요?"

"일주일에 한 번은 산책 겸 도서관에 다니고 있으니까 그걸로 충분해."

커피를 가져온 남자 직원에게 시아버지는 고맙다는 인사를 하고 설탕을 넣었다. 시아버지는 도서관에 다니지 않는다. 계속 집 안에만 있으면서 머릿속으로는 매주 도서관에 가는 걸로 인식하는 모양이다. 마리는 긍정도 부정도 하지 않고 조용히 커피를 마실 수밖에 없었다. 그러나 침묵이 계속될수록 시아버지가 점점 더 자기만의 세계로 빠져들어 원래 상태로 돌아오지 못할 것만 같았다.

"아버님 방에는 책이 많잖아요. 최근엔 어떤 책을 읽고 계세요?"

"으음, 여러 가지가 있는데."

마리가 묻자 시아버지는 신이 나서 대답했다.

"『갑자야화』나 『막부외교담』은 언제 읽어도 재미있지. 소설가 후지사와 슈헤이도 좋고."

시아버지는 책 제목이며 작가 이름을 정확히 기억하고 있었다. 그러면서 왜 벚꽃이나 고양이는 기억 못하는 걸까. 마리는 생각할수록 영문을 알 수 없었다. 논리적으로는 도저히 설명할 수 없는 일이기 때문에 시아버지에 대해선 될 수 있으면 '왜' '어째서'라는 생각을 하지 말고 그때그때 상황에 맞게 대처하는 수밖에 없었다. 삼십 분 정도 지나 마리가 자리에서 일어서려고 하자 시아버지가 빈 잔을 앞에 두고 마리의 얼굴을 쳐다보았다.

"아직 아무것도 안 나왔는데."

"이제 나갈까요?"

마리는 그 말에 대답하지 않은 채 시아버지의 팔을 붙잡고 가게 밖으로 나왔다.

며칠 후, 시아버지는 개호 1등급 판정을 받았다. 가족이 체감하는 사태는 심각했지만, 개호 등급 중에서는 가장 낮은 단계였다. 결과까지 나온 마당에 비밀로 할 순 없어 마리는 남편에게 서류를 보여주며 설명했다.

"멋대로 무슨 짓을 하는 거야. 망신스럽게."

남편은 크게 화를 냈지만 마리는 망신스럽다는 말의 의미를 이해할 수 없어 멍하니 있었다.

"아버지가 근무했던 곳은 명문고 진학률이 높은 우수한 학교야. 거기서 일했던 사람이 치매에 걸렸다고 하면 무슨 말을 들을지 모르잖아."

마리야말로 남편이 무슨 말을 하는 건지 도통 이해할 수 없었다.

"누구든 나이를 먹으면 몸 상태가 나빠지는 게 당연한 거야. 당신은 예전의 아버님만 말하고 있잖아. 어째서 지금의 아버님을 보려고 하지 않는 거야?"

남편은 그저 망신스럽다는 말만 되풀이했다. 어쨌거나 이웃이나 지인 보기 창피하다며 케어매니저가 만들어준 주간보호서비스 계획도 완고하게 거절했다. 곁에서 돌봐줄 사람이 필요해진 아버지의 모습을 누구에게도 보이고 싶지 않은 모양이었다. 게다가 이런 말까지 덧붙였다.

"가능하면 집에서 나가시지 않게 해. 외출할 때는 반드시 당신이 함께 가고."

"그건 무리야. 이제 PTA 임원도 됐고. 아버님이 일주일에 사흘이라도 주간보호센터에 가시면 그사이에 나도 자유롭게 시간을 쓸 수 있단 말이야."

"지금 당신 시간 따위야 아무래도 상관없잖아."

짜증이 난 남편이 소리를 질렀다. 그러자 쇼타가 다가와 말했다.

"아빠, 할아버지한테 조금 문제가 생겼으니 다른 사람이 봐주는 게 좋을 것 같은데……"

"거봐, 당신이 쓸데없는 짓을 하니까 애가 이렇게 신경을 쓰잖아."

남편은 전부 마리가 잘못한 걸로 치부해버리고 방으로 들어갔다.

　마리는 남편의 말을 무시하고 시아버지가 주간보호센터에 가도록 이야기를 해두었다. 거기 가서 책도 읽고 점심도 먹고 저녁에는 집에 올 수 있다고 권했더니 순순히 따라주었다. 그런데 삼일 째 되는 날, 시아버지는 얼굴을 찌푸리며 집에서 나가려 하지 않았다. 이유를 물어도 그곳이 싫다는 말로만 일관하며 방문 앞 복도에 버티고 서 있을 뿐이다. 그렇게 싫어하는데 무리하게 보낼 수는 없어 마리는 센터에 이유를 설명하고 한동안 시아버지를 쉬게 했다.

　케어매니저에게 센터에서 시아버지가 어떻게 지내는지 물었더니, 아무래도 특별대우를 받지 못하는 게 불만인 듯하다는 이야기를 들었다. 다른 사람들과 함께 식사나 산책을 하면 불만스러운 얼굴을 한다고 말이다. 정말로 읽는 건지는 알 수 없지만 시아버지는 방 한쪽에서 가져온 책을 읽다가 질리면, 센터 사람들에게 자신이 얼마나 아는 게 많은지 자랑을 하는 모양이었다. 하지만 그 말을 알아듣는 사람들은 시아버지를 피하고, 이해 못하는 사람들은 무시를 하니 기분이 상한 모양이라고 한다. 마리가 한숨을 쉬자 케어매니저가 말하길, 노인들 중에 '선생님'이라고 불렸던 이들은 자부심이 강해 상대하기 어렵다고 한다. 시아버지는 가족에게 다정한 분이었지만 바깥에서 남들에게는 다른 태도를 보였을지도 모를 일이다.

"이제 거기는 절대 안 갈 거야."

아침식사 때 시아버지가 이런 말을 하는 바람에 마리는 남편에게 추궁당했다. 할 수 없이 사정을 털어놓자 남편은 기고만장한 태도를 보였다.

"그것 봐. 당신 혼자서 소란만 피우는 거라니까. 아버지가 싫다는데 대체 무슨 생각인 거야."

그러자 식후에 마시는 차를 홀짝이던 시아버지가 갑자기 소리쳤다.

"울어라 휘파람새 헤이안쿄!"*

남편이 놀라서 멍하니 아버지의 얼굴을 보다가 마리에게 밉살스럽게 말했다.

"아버지 마음은 본인이 제일 잘 아는 거니까 당신은 내가 하라는 대로 해. 이런 상태로 밖에 내보낼 수 있을 것 같아?"

남편은 아버지에게도 호통을 치고 집을 나섰다.

"시끄러워요. 큰 소리 내지 마세요!"

싫다는 걸 억지로 보낼 순 없는 노릇이라 마리는 케어매니저

_____

* 794년 헤이안쿄(지금의 교토) 수도 천도를 기념해 장군 미나모토 요리토모가 지은 말. '울어라'와 숫자 '794'의 일본어 발음이 비슷해 역사 수업에서 암기용으로 쓰인다.

에게 시아버지가 다른 시설에 다닐 수 있을지 알아봐달라고 했다. 아이도 유치원을 즐겁게 잘 다녔는데 설마 시아버지 때문에 이런 일을 겪을 줄은 상상도 못했다.

둘이 남게 되자 시아버지는 또다시 외쳤다.

"울어라 휘파람새 헤이안쿄!"

그리고 이어진 말,

"아침밥은 언제 먹어?"

중학교에서 수업하던 때가 갑자기 떠오른 걸까. '울어라 휘파람새'를 새롭게 추가해 '아침밥은 언제 먹어?'와 이중 공격을 시작했다. 그런데도 마리는 할 수 있는 한 시아버지에게 잘하고 싶었다. 말귀를 못 알아듣는데다 안타깝게도 성장하지 않는 아이와 다름없으니 끈기 있게 해나가야겠다고 각오를 다졌다. 위에 부담이 되지 않도록 식빵 반쪽을 구워 채소 수프와 함께 드렸더니 시아버지는 곧 진정했다. 지금 마리의 앞에서 맛있게 드시고 있다.

'아버님, 제가 옆에서 잘 돌봐드릴 테니 걱정하지 마세요. 하지만 여보, 당신이 똑같이 됐을 때는…… 각오 단단히 하도록 해.'

마리는 밉살스러운 남편의 얼굴을 떠올리며 다시 한번 두 주먹을 꼭 쥐었다.

엄마,
노래 불러요?

마도카는 서른일곱 살이던 삼 년 전, 회사 식당에서 동료와 잡담을 나누다 문득 중얼거렸다.

"나도 이제 슬슬 결혼하고 싶다."

그러자 옆에 앉아 있던 유부남인 동갑내기 동료가 자신의 고등학교 동창을 한번 만나보지 않겠느냐고 말을 건넸다.

"사람이 너무 좋아서 불안할 정도의 남자야."

마도카는 동성이 봤을 때 그렇게 느끼는 사람이라면 한번 만나볼까 하는 마음이 들었다.

남자는 아버지가 경영하는 입시학원에서 강사로 일하고 있었고, 동료가 말한 대로 성격이 온화한 사람이었다. 두 사람은 반년 후 결혼했지만, 과거에 몇 번 남자한테 배신당한 경험이 있는 마도카는 결혼하자마자 남자가 돌변하는 건 아닐까 싶어 조금 불안하기도 했다. 그러나 남편 마사유키는 결혼 전 성격 그대로 집안일도 잘 분담하고, 마도카가 부탁하기 전에 해줬으면 좋겠다 싶은 일들을 알아서 해주었다.

"당신은 여자로 태어났어도 최고의 아내가 됐을 거야."

진심에서 우러나온 마도카의 말에 남편은 기분좋게 웃었다.

남편은 시부모님의 자랑스러운 외아들이었다. 결혼 준비 때 시어머니는 마도카네 집안이 편모가정이라 난색을 표했다가, 남편과 사별한 거라면 어쩔 수 없다는 말을 하셨던 모양이다.

"그럼, 부모님이 이혼한 거였으면 우린 결혼 못했겠네?"

결혼 직후 남편에게 그 이야기를 들은 마도카는 쓸쓸하게 웃었다.

"어머니가 반대했더라도 난 당신과 결혼했을 거야."

그 말을 들은 마도카는 "정말? 고마워!" 하고 남편에게 달려들어 안길 법한 나이도 성격도 아니었다. 기분이야 좋았지만 그보다 같은 여자로서 시어머니가 했던 말이 마음에 걸렸다. 하지만 거기에 대해선 아무 말 하지 않았다.

그런 이야기를 듣고 나니 이 결혼을 허락해줬다는 식으로 생각하는 시어머니와 굳이 사이좋게 지낼 필요가 없겠다 싶어 마도카는 그쪽에서 원하면 만났지만 먼저 연락하지는 않았다. 시어머니 입장에서는 탐탁지 않았을 것이다. 강아지처럼 애교를 부리며 자신에게 의지할 며느리를 원했지만, 눈에 넣어도 안 아픈 외아들과 결혼한 여자가 그 이상과는 정반대로 회사에서 계장 직함을 달고 남자 부하직원을 거느리고 있으니 말이다.

마도카는 연일 회사 일로 스케줄이 꽉 차서 아무래도 개인적인 일에 시간을 할애하기가 힘들었다. 주말은 자유롭게 보낼 수 있었지만 평일 저녁은 접대가 많았다. 시어머니는 요일에 개의치 않고 갑자기 평일 저녁에 같이 식사를 하자고 연락하곤 했다.

"저는 괜찮지만 마도카 씨는 야근이라 힘들어요."

남편이 그렇게 말하면 시어머니는 화를 낸다.

"자기 부인한테 왜 '씨'를 붙이는 거니?"

"저희는 그렇게 하기로 했어요."

그 말이 시어머니의 심기를 더 거슬렸다. 그래서 남편은 시어머니가 소집한 식사 자리에 항상 혼자 갔다. 마도카는 세 식구가 오붓하게 식사할 수 있으니 더 좋을 거라고 생각했지만, 시어머니는 아들의 아내가 자신들을 소홀히 여긴다며 역정을 냈다.

"일이 바쁘니까 어쩔 수 없잖아요."

아들에게 하소연해봐도 돌아오는 말은 그뿐이라 분을 풀 데가 없어진 시어머니는 자신의 남편을 물고 늘어진다.

"당신이 제대로 안 하니까 그렇잖아요."

"나는 상관없어."

물론 시아버지도 이런 식으로 빠져나가니 마도카에 대한 시어머니의 분은 풀리지 않고 계속 맺혀 있었다.

가끔 시간이 나 부부가 나란히 식사 자리에 나가면 마음속에 못마땅한 감정이 쌓여 있는 시어머니는 언제까지 일을 계속할 건지, 아이는 어떻게 할 건지, 질문 공세를 해댔다.

"글쎄요."

마도카가 어영부영 얼버무리면 시어머니는 본인 멋대로 임신할 시기와 성별도 남자아이로 정해서 그에 따라 회사를 그만둘 시기마저 결정했다. 시아버지가 돌아가시면 학원을 이어받아 부부가 함께 유지하는 게 의무라고도 역설했다. 그에 비해 시아버지는 학원의 존속 문제에 집착하지 않아 시어머니의 망상으로만 끝나는 게 그나마 다행이었다. 시어머니 입장에서 마도카는 결혼을 했음에도 자유분방하고 제멋대로인 며느리였다.

결혼한 지 삼 년, 아이를 갖기 전에 마도카의 친정엄마가 치매 진단을 받았다. 친정엄마는 혼자 살고 있었다. 생각해보면 어떤 예감을 느꼈던 건지도 모른다. 마도카가 하루는 문득 엄마 생각이 나 퇴근길에 친정에 들른 적이 있다. 평소 저녁 일곱시면 식사를 마쳤을 엄마가 아홉시가 지나서 미소된장국을 끓이고 있었다. 이렇게 늦은 시간에 웬일인가 싶었지만 일단 별생각 없이 간을 봤는데 졸도할 정도로 끔찍한 맛이었다. 단순히 미소를 너무 많이 넣었다든가 하는 수준이 아니라 뭘 어떻게 했기에 이런 맛이 나는지 경악할 정도였다.

마도카는 스케줄을 조정해 반차를 내서 엄마를 모시고 병원에 갔다가 치매임을 알게 되었다. 시어머니보다 다섯 살이나 어린데 치매라니. 줄곧 둘이서 살다 혼자 지내게 되면서 외로움이 깊어져 이렇게 된 건 아닐까 하는 생각에 마도카는 자책감이 들었다. 남편에게는 걱정을 끼치고 싶지 않아 진단이 내려진 후에야 말을 꺼냈다.

남편은 친어머니가 아프기라도 한 것처럼 걱정해주었다. 주간보호센터 같은 시설을 이용하더라도 친정이 있는 지역에서는 가족이 반드시 배웅과 마중을 해야 했다. 공공요양원에 들어가려고 대기하는 고령자는 팔백 명.

"자식 다 키워서 이제 한숨 돌리나 했더니, 앞으론 부모를 돌봐야 해."

남의 일이라고 생각했던 회사 선배의 말이 이제 마도카의 현실이 되고 말았다. 회사를 그만둬야 하는 걸까. 하지만 무엇보다 일을 그만두고 싶지는 않았다. 마도카는 아픈 엄마 앞에서 자기 걱정만 하는 몹쓸 불효자가 됐다는 생각에 또 한번 자신을 책망했다. 그런 속내를 꿰뚫어보기라도 했는지 남편이 말했다.

"우리집으로 모셔오면 되잖아."

그렇게 하고는 싶지만 그럴 순 없다고, 머릿속에 꾹꾹 눌러담았던 그 말을 남편이 해주었을 때 마도카는 기쁘기보다 먼저 어안이 벙벙해졌다.

'대체 얼마나 사람이 좋은 거야?'

마도카는 물끄러미 남편의 얼굴을 바라볼 수밖에 없었다.

"그렇게 하자. 자료 보관용으로 쓰는 내 서재를 비우면 되니까."

여태껏 살아오며 남 앞에서 울어본 기억이 없는 마도카는 처음으로 남편 앞에서 엉엉 울었다. 남편은 그런 그녀의 손을 잡아주었다.

"혼자서 모든 걸 짊어질 필요는 없어. 어머님이 들어가실 시설을 찾을 때까지 둘이서 보살펴드리자."

마도카는 고개를 끄덕였다. 혹시나 이건 꿈인데, 고민이 너무 깊은 탓에 꿈과 현실을 구분 못하는 게 아닌가 하는 생각마저 들었다.

그 사실을 안 시어머니는 몹시 격분했다.

"아프신 건 안됐다만, 왜 마사유키까지 끌어들여야 하는 거니?"

시댁은 일이 층이 학원이고 그 위가 주거용 집이었다. 마도카 부부가 사는 아파트는 그 건물에서 도보로 십오 분 거리에 있었다. 계약금을 시댁에서 내줬으니 시어머니는 자신들도 그 아파트에 일부 소유권이 있다고 생각했다. 마도카 부부는 시댁에 불려가 시어머니 앞에 앉았다.

"끌어들인 거 아니에요."

마도카가 반론했다. 시아버지는 사돈과의 동거를 반대하진 않았지만 여전히 자신은 상관없다는 듯한 자세로 일관했다.

"결혼했으니 장모님도 가족인데. 문제될 거 없잖아요."

마도카를 나무라는 어머니에게 화가 난 마사유키가 편을 들어주었다.

"마사유키, 너 그 집에 양자로 들어간 거 아니잖니. 그쪽 어머니를 떠맡으라고 아파트 계약금 내준 거 아니다."

"그렇게 말씀하셔도, 해가 갈수록 상황은 변하잖아요."

"어째서 그쪽 어머니를 그렇게……"

시어머니는 말끝을 흐리더니 시아버지 쪽을 쳐다보았다.

"당신도 뭐라고 말 좀 해요."

"으음."

여전히 시아버지는 집안 문제 앞에서 항상 "으음"이다. 그 "으음"에 질려버린 시어머니가 주도권을 쥐고, 결국은 그 의견이 곧 시댁의 의견이 되어 마도카 부부 앞에 들이밀어지는 셈이다.

"어쨌거나 장모님을 그냥 둘 수는 없잖아요."

남편의 말에 시어머니는 아무런 말이 없다.

"마도카 씨도 회사를 그만둘 수는 없어요."

시어머니의 눈썹이 삐죽 올라갔다.

"그게 잘못됐다는 거야. 자기는 일을 하고 싶으니까 계속하겠다, 그리고 시간이 자유로운 남편에게 뒤치다꺼리를 떠맡기겠다는 거 아니냐고. 도무지 말이 안 되잖아."

"마사유키 씨에게 저희 엄마 뒤치다꺼리를 떠맡길 생각은 없습니다."

"하지만 넌 온종일 일하잖니. 시간이 더 자유로운 마사유키가 어머님과 더 많이 엮이게 되지 않겠어? 내 말이 틀리니?"

마도카는 아무런 말도 할 수 없었다.

"그래도 내가 괜찮다고 하니 상관없잖아요."

"뭐어? 너 지금 무슨 소릴 하는 거야? 간병이라는 게 그렇게 호락호락한 마음가짐으로 할 수 있는 일이 아니야. 알기나 해? 너도 내가 시어머니 간병을 얼마나 했는지 알잖아. 지금보다 훨씬 힘든 때였어. 정말 싫다, 마도카한테 세뇌당한 꼴이라니."

"세뇌 같은 거 안 했어요."

"하고 있는데 뭐. 친정집은 처분하지 않는다고 들었는데 네가 그쪽으로 왔다갔다하는 건 어떠니? 마사유키는 남의 집 귀한 자제들을 맡아 지망하는 학교에 입학시킬 중요한 사명이 있어. 아이들의 인생이 달린 중대한 일이라고. 그런 남편에게, 대신할 사람이 얼마든지 있는 일을 하는 네가, 자기 친정엄마 수발을 들게 하다니 나는 납득할 수가 없구나."

"그래서 저도 시간이 있을 때는……"

"이거 봐, 본심이 나왔네. 시간이 있을 때라고 하는데, 간병을 하다보면 자기 시간은 거의 없는 거나 마찬가지야. 아침부터 밤까지. 모든 걸 맞춰야만 하는 거라고!"

시어머니는 마도카의 말보다 자신이 하는 말에 점점 더 흥분했다. 그 모습을 본 시아버지가 옆에서 한마디했다.

"마사유키도 이제 독립했으니 부부가 알아서 하게 맡겨두면 되잖소."

그러자 시어머니가 또다시 발끈해 파르르 떨었지만, 남편은 마도카의 손을 잡고 서둘러 시댁에서 나왔다.

"미안. 어머니가 사고방식이 좀 유별난 데가 있어."

"어머님 말씀이 다 틀렸다고는 할 수 없는 게 더 괴로웠어."

"뭐, 너무 신경쓰지 마, 우리는 우리 식대로 하자고."

다정한 남편의 등뒤에서 늘 자신을 노려보는 듯한 시어머니의 기운을 느끼며, 마도카는 남편과 집안을 정리하고 친정엄마를 맞이할 준비를 했다.

"여기는 무슨 과인가요? 의사 선생님은 어디에 있죠?"

마도카 부부네 집에 온 친정엄마는 남편에게 몇 번이고 물었다. 그럴 때마다 남편은 손을 잡고 설명해주었다.

"어머님, 이제부터 여기서 저희랑 함께 지내실 거예요. 잘 부탁드릴게요."

"그렇습니까? 잘 부탁드립니다."

공손하게 고개를 숙여 인사한 친정엄마는 십 초 후 친정 근처의 안과 이름을 댔다.

"여기는 쓰바메 병원인가요?"

그럴 때마다 남편은 성의 있게 설명했다. 엄마를 상대하는 사람이 마도카 자신이었다면 "이제 그만 좀 해"라는 말이 절로 나올 정도인데, 아무리 같은 말을 반복해도 처음 듣는 양 응대해주는 남편에게 너무도 면목이 없었다.

마도카는 오전 반차를 내고 케어매니저를 만나 상담하면서 친정엄마가 주간보호센터에 다닐 수 있는지 물었다. 희망자가 많아 일주일에 최대 사흘만 다닐 수 있으며, 친정 동네와 마찬가지로 배웅과 마중이 필요하지만 반드시 가족이 아니어도 된다는 점은 다행이었다.

"일주일에 사흘만이라도 엄마가 밖에 있어주면 우리도 부담이 좀 줄 것 같아."

"그렇지. 집에만 가만히 계신 것보다 외부 사람과 접촉하는 편이 어머님한테도 나을 거고. 아침에는 여덟시 반에 센터 차량이 온다고 하니까 내가 배웅할 수 있는데 저녁 마중이 문제네."

"저녁엔 내가 파트타임으로 사람을 고용할게. 아파트 앞에서 집안까지 모셔오면 되는 거잖아. 앞뒤 시간을 생각해서 저녁 두 시간 정도라면 어떻게든 될 것 같아."

"응, 그렇겠네. 일단은 그렇게 하기로 하자."

마중을 부탁하려면 가까운 데 사는 사람이 좋을 듯해 마도카는 상점가에서 가장 오래된 점포인 쌀가게에 물어보았다. 그러자 아주머니는 지인인 히사코 씨가 남편과 사별하고 혼자 시간을 보내고 있으니 한번 부탁해보겠다고 했다. 도보로 십 분 정도 거리에 살고 있어서 조건도 좋았다.

이렇게 해서 부부는 간병 스케줄을 짰다. 주간보호센터에 가는 날 아침 배웅은 남편, 저녁 마중은 히사코 씨가 해주고, 새로 알게 된 점은 문자메시지로 연락하기로 했다. 주간보호센터에 안 가는 날은 마도카가 점심식사를 준비해놓은 뒤 엄마를 집안에 남겨두고 출근하면 시간이 빌 때 남편이 상황을 보러 집에 들른다. 주말에는 마도카가 집중적으로 엄마를 상대하기로 정했다. 부부가 의논하는 동안 방에서 노랫소리가 들려왔다. "우리 모두 다 같이 손뼉을!"

"어머님, 기분이 좋으신가?"

"마음이 편안한가봐."

자신의 엄마라 하더라도 마도카는 그 심리 상태를 가늠하기가 어려웠다.

간병 분담을 시작한 첫날, 마도카는 긴장된 마음으로 점심시간에 문자메시지를 확인했다. 남편의 보고가 와 있었다.

"무사 완료. 생글생글 웃으시며 차를 타고 가심."

별 탈 없이 센터 차량을 타신 모양이다. 저녁 여섯시 반, 마도카는 회사를 나오기 전에도 메시지를 확인했다.

"히사코 씨의 배웅은 문제 없음. 어머님은 기분좋게 귀가해 색종이 접기를 했다고 함. 내가 보러 갔을 때도 텔레비전을 보며 웃고 계셨음. 이제부터 수업이 있으므로 뒷일을 잘 부탁함."

우선 첫날은 무사히 끝났구나 싶어 마도카는 한숨 돌렸다. 집으로 돌아가는 길에 마트에서 식재료를 사고 문구점에서 예쁜 색종이를 샀다.

주간보호센터에 가는 날은 괜찮지만 문제는 아침부터 계속 친정엄마를 혼자 두어야 하는 날이다. 여기에 신경쓰느라 남편의 일에 지장이 있어서는 안 되기 때문에 부부는 집안을 꼼꼼히 체크했다. 마도카는 불이 날 만한 물건들을 치운 뒤, 자신의 소지품보다도 남편 방으로 옮긴 자료들처럼 훼손되면 돌이킬 수 없는 물건이 피해를 입는 일이 없도록 몇 번이고 당부했다.

"열쇠로 꼭 잠가둬."

결혼하고 이 아파트로 이사 왔을 때, 안에서야 그렇다 쳐도 밖에서도 잠글 수 있게 해놓은 방문들을 보고 그럴 필요까지 있을까 의아했는데 이럴 때 도움이 되리라고는 상상도 못했다. 남편이 열쇠로 잠그는 일만 잊지 않으면 그의 물건에 피해가 갈 가능성은 없다. 욕조에도 물을 채워두지 않고, 창문은 전부 이중 잠금장치를 하는 등, 우선은 사고가 일어날 가능성을 최대한 줄이고자 했다.

그렇게 한 보람이 있었는지 친정엄마는 혼자 집에 있어야 하는 날에도 마도카가 만든 점심 도시락을 먹고 줄곧 얌전히 텔레비전을 시청했다. 남편은 수업이 비는 사이 자전거를 타고 집에 들러 상황을 보고 가면서 수시로 메시지를 보내왔다.

"술 도매상 직원인 신 씨라고 불렸음."

"왕진하는 의사 선생님이라고 착각하셨음."

"오오미야에 사는 삼촌으로 불렸음."

장모가 사위를 알아보지 못하는데도 메시지를 보내는 남편은 어쩐지 재미있어하는 듯했다. 마도카는 집으로 돌아와 남편에게 엄마가 잘못 알아봐서 어떻게 했느냐고 물었다.

"그때그때 적당히 맞춰드리는 거지. 이런저런 사람이 될 수 있어서 연극이라도 하는 것 같아 재미있어."

남편은 그렇게 말했지만, 엄마의 눈에 어떻게 사위의 모습이

다른 사람으로 보이는 건지 마도카는 이해할 수 없었다.

부부가 고안한 분담표 덕분에 친정엄마를 모셔온 두 달 동안 별문제 없이 지냈다. 아직까지는 스스로 용변을 볼 수 있는 것도 큰 도움이 되었다. 배변이 뜻대로 되지 않는다면 부담이 커질 것이다. 하지만 마도카는 앞으로 일어날 안 좋은 일만 생각하면 점점 기분이 좋지 않아, 만약 그렇게 된다면 그때 가서 생각하기로 마음을 다잡았다.

그러던 어느 날, 시부모님이 간단한 선물을 들고 집에 방문했다.

"사부인, 몸은 좀 어떠십니까?"

파르르 떨며 불만을 쏟아낸 일은 마치 거짓이었다는 듯 시어머니는 상냥한 목소리로 마도카의 친정엄마에게 말을 걸었다.

"감사합니다. 건강히 지내고 있습니다. 두 사람이 과분하게 잘해줘서 정말로 고맙지요."

그 말을 들은 마도카와 남편은 혹시라도 병세가 호전된 게 아닐까 싶어 얼떨결에 서로를 마주보았다.

"그러시군요, 그것 참 다행이네요. 주간보호센터에 다니신다던데."

"네? 그래요? 언제요? 그런 곳은 안 다니는데요."

이내 부부는 한숨을 쉬며 고개를 숙였다. 시부모님은 얼굴을 마주보며 살짝 고개를 끄덕이고는 서로의 생각이 일치했음을 확인했다.

"그러셨군요, 제가 실례를 했습니다."

시어머니는 정중하게 응해주었지만, 그러고서 시아버지와 의견이 맞는 건지 아닌 건지 알 수 없는 대화를 주고받더니 집안에도 미묘한 공기가 흘렀다.

"그럼 저희는 이만……"

한 시간이 조금 못 되었을 때 시아버지가 일어섰다.

"사부인, 제가 누군지 아시겠어요?"

그 순간 시어머니가 이렇게 묻자 시아버지는 작은 소리로 쯧, 하고 혀를 찼다.

"글쎄요, 상점가 화과자 가게의 점원인 건 알겠는데, 이름이 잘……"

친정엄마는 미안하다는 듯 웃어 보였다.

"아, 아아 그러시군요. 실례했습니다. 몸 건강히 지내세요."

시부모님은 마도카 부부의 배웅을 거절하고 돌아갔다.

"어머님 옆에 있어드리렴."

그날 밤 마도카는 시어머니에게 아무런 말도 듣지 않았지만, 남편한테는 시어머니가 전화를 해 그런 사람을 맡아도 정말 괜찮겠느냐고 몇 번이나 확인했다고 한다. 만약 민영 시설에 보낸다면 돈을 줄 수는 없지만 빌려줄 수는 있다는 말도 하신 모양이었다. 남편은 몹시 언짢아했다.

"대체 무슨 말씀을 하시는 건지. 어머니 본인도 앞으로 어떻게 될지 알 수 없으면서."

마도카는 앞날을 생각해보았다. 친정엄마의 병세가 호전되리라고 볼 수는 없고 앞으로 개호 등급도 올라갈 것이다. 그사이 시부모님도 같은 상태가 되지 않으리라 보장할 수 없다. 부부 둘이서 한 사람 보살피기도 이렇게 힘든데 부모님 셋을 간병하는 게 과연 가능한 일일까. 생각할수록 "으악!" 소리를 지르며 머리카락을 쥐어뜯고 싶다. 하지만 그렇게 한들 현실적으로 더 나아질 것은 없다.

그날 밤, 앞으로 병세가 진행됐을 때를 대비해 어떻게 해야 할지 부부가 의논하고 있는데 친정엄마가 심각한 얼굴로 방에서 나왔다.

"엄마, 무슨 일이야?"

"있잖아, 숙제하는 걸 깜빡하고 잊어버렸어. 어떡하지?"

"숙제?"

"응, 또 야단맞을 거야. 싫은데."

"누구한테?"

"미야모토 선생님 말이야."

마도카는 엄마가 학창시절에 수학을 너무 못해 선생님에게 자주 야단을 맞았다고 했던 얘기가 떠올랐다.

"괜찮아, 오늘은 선생님 쉬시는 날이니까."

마도카는 순간적으로 그렇게 말해버렸다.

"와, 정말?"

엄마의 눈이 반짝였다.

"응, 그렇다니까."

"다행이다. 또 혼나는 줄 알았어."

엄마는 천진난만하게 웃었다. 분명 학창시절에도 그런 얼굴로 친구들과 웃었으리라. 다행이네, 하고 같이 웃었지만 마도카는 교복 입은 여학생 시절의 엄마 사진을 떠올리며 슬픔이 북받쳤다.

"다행이네."

남편도 곧바로 같은 반 친구가 되어주었다.

"아, 엔도, 고마워."

오늘은, 아니 이 순간 남편은 엔도다. 한 시간 후에도 그가 엔도일지는 친정엄마밖에 모른다. 마도카는 엄마를 방으로 데리고 갔다.

"이제 안심하고 자도 돼. 내일은 센터에 가는 날이잖아."

"응, 그러네. 잘 자."

이제껏 거쳐온 다양한 나이의 엄마가 마치 다중인격처럼 몸속에 함께 살고 있다. 그것들이 돌발적으로 모습을 드러낸다.

"안녕히 주무세요."

엄마가 불안해하지 않도록 마도카는 작은 스탠드를 켜둔 채 실내등을 끄고 방에서 나왔다.

"잘 받아주던데."

"뭐가?"

"학교 선생님 이야기 말이야."

"기억하고 있었으니까."

남편은 마도카의 얼굴을 바라보았다.

"바로 그런 게 중요한 거야. 마도카 씨가 어머님 이야기를 잘 듣고 있었다는 증거잖아. 뭘 좋아했다든가 싫어했다든가. 본인이 원활하게 기억할 수 없게 됐을 때, 그걸 떠올리게 해줄 사람은 가족밖에 없을 거야. 왜, 그런 남편들도 종종 있잖아. 부인이 치매에 걸려서 케어매니저가 이것저것 묻는데도 부인에 대해 아무것도 모른다고 하는. 함께 살고 있으면 서로에게 계속 관심을 가져야 돼. 우리 어머니가 편찮아지시면 난 솔직히 자신이 없어. 워낙 그런 성격이시라 상대하기 귀찮아서 죄다 흘려들었거든. 내가 기억하는 말은 '공부해'뿐이야."

두 사람이 쓸쓸하게 웃으며 다시 의논을 시작하는데 노랫소리가 들려왔다. "우리 모두 다 같이 손뼉을!"

"앗, 뭐야, 무슨 일이지?"

짝짝짝 손뼉을 치는 소리도 들려왔다.

"곧 잠드시지 않을까?"

그러기를 기대했지만 친정엄마의 노래는 무한 반복되며 끝날 기미가 보이지 않았다. 부부는 친정엄마의 방을 들여다보지 않고 그대로 잠을 청했다. 문을 살짝 열어둔 부부 각자의 방으로 언제까지고 노래를 부르며 손뼉을 치는 소리가 들렸다.

다음날 아침, 마도카가 집을 나설 때 보니 친정엄마는 잠을 못 자 몽롱한 모양이었다.

"오늘은 이대로 모시고 가라고 할게."

규칙적인 생활 리듬을 유지해야 하므로 마도카는 남편 말대로 뒷일을 부탁하고 집을 나섰다.

밤중에 무언가를 하기 시작하는 친정엄마 옆에 계속 있다가는 부부의 체력도 남아나질 않을 것이다. 마도카는 아무 일도 없으면 좋겠다고 생각하며 점심시간에 메시지를 확인해보았다. 센터 차량 안에서 고개를 숙인 채 앉아 있는 엄마의 사진이 첨부되어 있었다.

"차까지 갈 때는 눈을 뜨고 계셨는데 좌석에 앉자마자 잠드셨다고 함."

친구의 어린아이도 이랬었지, 하고 마도카는 생각했다. 그러고는 히사코 씨에게 폐를 끼치지는 않을까 저녁 일이 걱정됐다.

이 걱정 끝나면 저 걱정, 끝이 없었다.

저녁 여섯시에 히사코 씨가 메시지를 보내왔다.

"제 얼굴을 보더니 '초코 씨, 왜 여기에 있어요?' 하며 달려와 매달리셨어요. 몹시도 반가워하셔서 초코 씨인 척했습니다. 그래서 잠시 댁에 들어갔어요. 죄송합니다. 어머님은 잘 계시고, 부엌에 놓여 있던 도라야키*를 맛있게 드셨습니다."

진심으로 감사합니다, 하고 마도카는 메시지가 떠 있는 휴대전화 화면에 대고 고개를 숙였다. 잘 계시다면 그걸로 됐다 싶어 남은 일을 정리하는데 남편에게서 메시지가 왔다.

"조금 전 어머님을 보러 갔더니 '선생님, 오랜만이에요'라고 말씀하심. 이야기를 듣다보니 서예부 부장선생님으로 생각하신 듯. 얼마 안 있어 '어머나 마사유키, 언제 돌아왔어?' 하시며 기억이 돌아옴. 퇴근은 열시 반이 넘어야 될 듯. 그럼 수고."

친정엄마의 기억은 오락가락한 상태라 이상해졌다가도 원래대로 돌아오기를 반복하고 있었다.

"자, 오늘 저녁에 내가 집에 가면 뭐라고 부르려나?"

처음에는 다양한 이름이 나올 때마다 조금씩 충격을 받았지만 요즘 들어선 이번에 누가 나올지 은근히 궁금해지기도 했다. 그

---

* 밀가루 반죽을 둥글납작하게 구워 두 쪽을 맞붙이고 사이에 팥소를 넣은 과자.

렇게라도 하지 않으면 정신이 못 버틸 것 같아서, 라고도 할 수 있겠지만.

밤이 되어 고층빌딩 안 사무실에서 창밖을 바라보자 밤하늘에 별이 빛나고 있었다.

"저렇게 반짝이는 별이라니. 소원을 빌면 이루어질 것만 같네."

여자 직원들이 소리 죽여 웃으며 둘이서 손을 모으고 뭐라고 중얼거린다. 분명 연애 소원이겠지. 마도카는 이제껏 그런 소녀다운 행동을 해본 적이 없었지만, 마음에 약간의 틈이 생겼으니 자신도 소원을 빌어보았다.

'저는 아무리 욕을 먹어도 괜찮으니 일단 시부모님 모두 건강하게 해주세요. 혹시 간병을 하게 되더라도 적어도 한 사람씩 할 수 있게 해주세요.'

마도카는 마음속 깊이 진지하게 기도했다.

형,
뭐가 잘났는데?

토요일, 유키는 남편 마사루와 둘이서 집을 나서다 대문 앞을 쓸고 있던 옆집 아주머니와 마주쳤다.

　"어머 둘이서 외출하는 거야? 아유 좋겠네, 부럽다. 나는 우리 남편이랑 둘이서 외출할 일이 전혀 없는데."

　"아, 안녕하세요."

　천진한 아주머니의 말에 남편은 애매한 웃음을 띠며 인사했다.

　"아, 아니에요, 저기, 다녀올게요."

　유키도 횡설수설했다. 아주머니는 부부 둘이서 어딘가 놀러 간다고 생각한 모양이다. 정말 그런 거라면 얼마나 좋을까, 하고 유키는 생각했다.

　버스 정류장까지 걸어가는 동안 남편은 주변의 집들이나 작은

공원에 심긴 나무들을 보며 말했다.

"벚꽃이 지고 거의 다 새잎이 나려고 하네."

"아, 그러네."

"저 커다란 나무를 베어버렸구나."

"오래된 나무였던 모양인데 문제가 있던 게 아닐까."

아무 말 안 하고 가만히 있을 수도 없어 유키는 장단을 맞춰주었다. 하지만 거기서 대화가 끊기고 둘은 말없이 걸었다.

부부 사이가 나쁜 건 아니다. 물론 가정폭력이 있는 것도 아니다. 가끔 싸울 때는 있지만 남편은 결혼 후에도 계속 일을 하는 유키에게 대단히 협조적이다. 하지만 오늘 유키는 아침부터 마음이 무거웠다. 일주일 전 남편의 큰형에게서 걸려온 전화 때문이다. 남편은 오형제 중 막내이고, 유키보다 두 살 많은 마흔다섯 살이다. 큰형은 남편보다 열세 살 많은 쉰여덟 살이고, 둘째는 쉰, 셋째는 마흔여덟, 넷째는 마흔여섯 살이다. 유키는 큰아주버니를 대하기가 어려웠다. 남편이 태어나고 얼마 안 있어 아버지가 돌아가시는 바람에 큰아주버니는 열서너 살 때부터 장남인 자신이 마음을 단단히 먹어야 한다고 자각했고, 그것은 아버지 대신이라는 의식으로 굳어져갔다. 그렇다 하더라도 그런 의식이 너무 강해서 툭하면 동생들과 동생의 아내들에게도 명령을 하곤 한다.

시댁이 땅을 소유한 집이라 금전적으로 다소 여유가 있었다지만 여자 혼자 힘으로 아들 다섯을 키우기는 힘들었을 것이다. 자식이 없는 유키도 시어머니의 고생을 짐작할 수 있었고, 담백한 성격의 분이시라 싫은 감정을 품은 적도 없었다. 문제는 무슨 일이 있으면 꼭 참견을 하는 큰아주버니였다. 하지만 장남에게 많이 의지하는 시어머니는 그가 동생들의 가정사에 참견하는 것도 애정표현이겠거니 하고 좋은 쪽으로 생각했다. 그러나 동생들 입장에선 자신들의 생활에 관계없는 큰형이 끼어들면 쓸데없는 오지랖으로만 느껴져 되도록 엮이지 않으려 했다.

유키 부부가 결혼한 지 오 년 째 되던 해, 신년에 형제들이 다 모인 자리에서 큰아주버니는 유키 부부에게 좀처럼 아이가 생기지 않는 일로 언성을 높였다.

"너희들 밤일은 제대로 하는 거야?"

그 말을 들은 유키 부부는 그대로 얼어붙었다.

"정초부터 그런 말을 하면 어떡해요. 무슨 소릴 하는 건지, 참."

나머지 형들도 당황해서 수습에 나섰다. 술에 취했다면 실언을 했다고 변명할 수도 있겠지만 큰아주버니는 술을 못 마신다. 항상 맨정신에 돌직구만 날리는 셈이다.

"그래서 이 결혼, 난 반대였어. 대체 애를 안 갖는다니, 결혼한 의미가 없잖아."

"아유, 다들 사이좋게 지내야지."

시어머니는 이런 말뿐 장남을 나무라는 기색도 없고, 큰형님인 에이코는 그저 안절부절못할 뿐이었다. 다른 아주버니들이 격분한 마사루를 필사적으로 달래서 어쨌거나 그 자리를 빠져나왔지만 유키 부부에게는 최악의 새해맞이가 되고 말았다.

그런 큰아주버니가 전화를 해온 건 시어머니 때문이었다. 큰형님 에이코는 학교를 졸업하자마자 큰아주버니와 중매로 만나 시어머니와 시동생 네 명이 사는 집으로 시집을 왔다. 남편의 말에 거역하지 않고 오로지 집안일만 하며 살아왔다. 큰아주버니가 결혼했을 때 둘째를 비롯한 시동생들은 전부 십대였다. 유키 앞에서 마사루는 당시를 떠올리며 "집에 젊은 여자가 와서 되게 기뻤다"고 말하기도 했다. 형제들은 대학에 진학해 다른 지방이나 기숙사에 가거나 취직해 자취를 시작하면서 한 사람씩 전부 독립했다. 그후 큰아주버니 부부와 두 딸 그리고 시어머니, 이렇게 다섯 식구가 살다가 딸들도 다 결혼한 뒤로는 세 사람이 지내고 있다.

팔 년 전, 시어머니는 친구와 여행을 가서 사찰 건물을 둘러보다 돌계단에서 떨어졌다. 그때 무릎을 세게 부딪혀 입원했는데 그후로 회복이 잘 되지 않아 집에만 틀어박혀 있는 날이 많아졌고, 그러다보니 다리 기능도 쇠약해져 지금은 휠체어 생활을 하고 있다. 본인도 부쩍 의기소침해진 모양인지 낮에는 침대에 누워 있을 때가 많아졌다고 한다.

이 이야기는 남편의 바로 위인 넷째 아주버니가 문자메시지로 보내줘서 알게 됐다. 큰아주버니는 무슨 일만 있으면 둘째 아주버니에게 전화를 한다. 그중에는 대수롭지 않은 일도 있고 중요한 일도 있기 때문에, 둘째 아주버니가 나름대로 걸러서 형제들에게 알리는 게 좋겠다고 판단한 것들만 메시지로 모두에게 보내고 있다.

최근에 있었던 가장 큰 사건은 재작년에 넷째 아주버니가 이혼하고 반년 후 열여섯 살 연하의 여성과 재혼했을 때였다. 물론 다들 크게 놀라긴 했어도, 전처와 깨끗이 정리한 상태인데다 성인들 간의 일이니 이러쿵저러쿵 싫은 소리를 할 필요도 없는 일이었다. 그런데도 큰아주버니에게는 굉장히 볼썽사납고 남세스러운 사건이었던 모양이다.

"어째서 그 젊은 여자를 애인으로만 만나지 않은 거냐. 애인을 두는 건 남자의 능력이지만 이혼하는 건 수치다."

남편의 말에 따르면, 큰아주버니는 넷째에게 말도 안 되는 사고방식을 강요하며 집안의 수치라고 매도했다고 한다.

"그렇게 말해봐야, 우리집이 무슨 유서 깊은 가문도 아니고 그저 평범한 집인데. 어떻게 그런 발상을 할 수 있는지 이해가 안 돼."

남편도 고개를 갸웃거렸다.

"가부장제에서 못 벗어나고 그 속에 사시는 분 같아."

"그러게 말이야. 결국 어머니가 장남이라고 너무 오냐오냐한 게 아닌가 싶어."

유키 부부는 큰형을 두고 난감한 사람이라며 서로 맞장구쳤다.

그리고 오늘은 그런 큰형을 만나야 하는 날이다. 형제 부부 전원 집합이다. 다만 시어머니에 관한 이야기를 나눠야 해서 시댁으로 가지 않고 큰형이 정한 중식당에서 모이기로 했다. 식당은 지하철 노선이 몇 개나 교차하는 역 건물 위에 있었다. 식당의 독실로 들어가니 약속 시간 이십 분 전인데도 이미 큰형이 와 있었다.

"아주버님 오랜만이에요."

유키는 고개를 숙였다.

"어어, 아직 애 소식은 없고?"

유키는 남편의 몸에 힘이 들어가는 걸 눈치채고 빙그레 웃으며 넘어갔다. 남편이 퉁명스럽게 대꾸했다.

"잘 지내는 것 같네요."

"뭐 그렇지, 건강검진에서 아무런 이상 없었어. 혈압도 간 수치도 전부 정상이야. 의사도 이 나이에 이렇게 건강한 몸은 흔하지 않다고 하더라."

"흐음, 잘됐네요."

유키는 남편의 성의 없는 말투에 순간 흠칫했지만 큰아주버니는 전혀 눈치채지 못했는지 만족스러운 얼굴로 대답했다.

"그럼, 그럼."

"형수님은요?"

"아아, 집안일 해놓고 좀 이따 올 거야."

"그러세요?"

가장 손아래인 유키 부부는 원탁에서 출구에 가까운 자리에 앉았다. 딱히 할 얘기도 없어서 세 사람은 각자 실내를 둘러보거나 창밖을 바라보며 시간을 죽였다.

이어서 형제들 부부가 속속 도착했다. 넷째 아주버니는 올해 서른 살인 열여섯 살 연하의 아내를 데리고 왔다. 그녀는 갓난아기를 안고 있었다. 다들 차례대로 아기의 얼굴을 들여다보거나 안아보면서 큰아주버니에게 등지고 있었다.

"아주버님도 한번 안아보시겠어요?"

둘째 형님이 말을 걸었다. 둘째 아주버니보다 열 살 아래이고 유키보다도 세 살 어리다. 아마도 아이는 중학생이 됐을 터다.

"아아, 나는 됐어. 갓난애는 어려워서."

큰아주버니는 그렇게 말하고 찻잔에 든 중국차를 벌컥 들이켰다. 아기에 너무 관심을 가지면 괜히 쓸데없는 소리를 들을 것 같아 유키와 남편은 한번씩 안아보고는 "귀엽네" 하고 무난한 말을 한 뒤 자리에 앉았다.

"늦었네요."

큰형님 에이코가 종종걸음을 치며 독실로 들어왔다. 평상복 차림은 아니지만 머리카락이 뻗친 걸 보니 급하게 나왔음을 알 수 있었다. 모두에게 메뉴판이 놓였지만 결정하는 건 큰아주버니다.

"나는 술을 안 마시니까 차를 주고, 나머지 사람들은 맥주를 마실 거니까 갖다줘. 그리고 사오싱주 있지? 비싸지 않고 무난한 걸로. 코스 요리는 상중하에서 중. 다들 괜찮지?"

큰아주버니의 매서운 눈빛 앞에서 나머지는 그저 수긍할 수밖에 없었다.

다들 양쪽에 앉아 있는 형제들과는 대화를 나누지만 아무도 큰집 부부에게 말을 걸지 않았다. 지금이야 원탁에 큰아주버니가 없는 듯한 분위기지만 이대로 끝날 게 아님을 알기 때문에 유키는 긴장하고 있었다.

이어서 차례대로 요리가 들어왔다.

"맛있나? 맛있지? 내가 고른 거니 당연히 맛있겠지만 말이야."

"맛있네요."

다들 입을 모아 대답했지만 앞으로 무슨 일이 일어날까 싶어

전전긍긍하는 것도 마찬가지였다. 유키는 얌전히 젖병에 담긴 우유를 먹고 있는 갓난애까지 이런 분위기에 휘말려 불쌍하다는 생각이 들었다.

고기 요리가 나와 가장 분위기가 무르익었을 때 큰아주버니가 입을 열었다.

"저기 있지, 어머니 말인데, 이제 우리집에서 더는 모실 수가 없을 것 같아. 누가 어머니 좀 모셔줘."

에이코를 포함한 모두가 손을 멈칫하고 서로의 눈을 멀뚱멀뚱 쳐다보기 시작했다. 그때 둘째 아주버니가 물었다.

"형수님, 무슨 일 있어요? 어디 편찮아요?"

"아뇨, 그런 거 아니에요. 제 몸이 안 좋다거나 그런 게 아니라……"

"어이, 당신도 애들한테 제대로 말해."

큰아주버니가 야단치듯 말하자 큰형님은 머뭇거렸다.

"그게 아니라, 이제 이만하면 좀 해방시켜주자고. 우리 집사람, 결혼하고 삼십사 년간 계속 어머니를 모셨잖아. 쉰다섯인데 앞으로는 좀 편하게 해주고 싶어서 그래. 아들자식이 이렇게 넷이나 더 있으니 어떻게든 되지 않겠어?"

다들 동시에 고개를 숙였다. 큰형님이 고생하는 건 잘 알고 있다. 그녀가 어머니를 모셔줬기 때문에 나머지 형제 부부들은 변함없는 생활을 계속해올 수 있었다. 아내들은 서로 눈치를 살피기 시작했다.

"저희는 좀……"

넷째 아주버니가 아기를 안고 있는 아내에게 눈길을 돌렸다.

"하, 제멋대로 구니까 이렇게 된 거잖아. 노인 수발은 보통일이 아니라 힘 있는 젊은 사람들이 해주는 게 좋은데."

그러자 올해 마흔 살인 둘째 형님이 당황하며 말했다.

"저희는 애가 이제 막 중학교에 들어간데다 앞으로 고입도 준비해야 해서 힘들어요."

그러자 유키와 동갑인 셋째 형님은 더욱 목소리를 높였다.

"저희도 애들이 초등학교 육학년, 중학교 삼학년이라 중고 입시가 있어서 안 돼요."

유키는 옆에 앉은 남편과 함께 초조한 마음이 들었다.

"어떡하지? 어떡해?"

"우리도 안 돼, 맞벌이를 하니까. 당신도 회사 그만두고 싶지 않잖아?"

유키 부부가 작게 속닥거리자 마치 선생님 같은 말투로 큰아주버니가 끼어들었다.

"어이, 거기, 왜들 그래? 하고 싶은 말이 있으면 해봐."

"저희는 맞벌이를 해서 무리예요."

남편의 목소리가 살짝 떨렸다.

"흠, 애가 안 생기니까 일을 할 수밖에 없는 거겠지."

큰아주버니의 말에 유키는 피가 솟구쳤지만 남편이 미안한 얼굴로 원탁 밑에서 손을 꼭 잡아주었기에 그나마 시선을 아래로 돌려 바닥에 대고 화를 풀었다.

"그동안 형수님이 애 많이 쓰셨지. 형이 결혼했을 때 나는 고등학생이었는데, 이렇게 시커먼 남자들만 있는 집에 스무 살 갓 넘어 시집와서 이제까지 시동생들과 두 딸들 뒷바라지에 어머니까지 모시느라 정말 고생하셨어. 다들 감사하고 있어요. 아무리 그래도 대뜸 이러면, 금방 대답할 수 있는 일도 아니고요. 갑자기 생활을 바꾸는 것도 어려운 문제라고요."

둘째 아주버니의 말에 다들 고개를 끄덕였다.

"어머니는 지금 상태가 어때요?"

셋째 아주버니가 물었다.

"정신은 말짱하신데 다리가 문제지. 재활치료를 받으면 어떻게든 조금은 나아질 텐데 본인이 갈 마음이 없으셔. 케어매니저가 소개해준 시설이 우리집에서 편도로 두 시간이나 걸리거든. 그게 마음에 걸리시는지 안 가겠다고 하시더라고."

"저…… 내가 운전을 할 줄 알면 좋을 텐데 말이죠."

큰형님이 모기만한 소리로 말했다.

"형님 탓이 아니니까 그렇게 생각하실 필요 없어요."

셋째 형님이 다독였다.

"어어, 응, 그래."

큰형님은 분홍색 꽃무늬 손수건으로 몇 번이고 콧잔등을 눌렀다. 집 근처의 재활치료 시설은 정원이 차서 멀리 있는 그곳밖에 빈자리가 없다고 한다.

"그래가지고 말이지, 요즘은 만날 집에 누워서 텔레비전만 보고 계셔."

큰아주버니가 말을 툭 내뱉었다.

"흐음."

맛있는 고기 요리를 앞에 두고 다들 순식간에 식욕을 잃었다. 큰형님에게 감사한 마음이야 다 표현할 수 없을 정도지만 평소에는 유키나 남편이나 그런 마음을 잊고 지냈다. 큰아주버니와 되도록 엮이고 싶지 않아 집에 찾아가지는 않아도 어머니의 날과 큰형님의 생일이면 유키는 꽃을 보냈다. 그때마다 시어머니는 정성스럽게 답장을 보내주었고, 큰형님은 기뻐하며 전화를 해주었다. 그런 걸로 모든 할 도리를 때워온 셈이었다. 분명 누구에게도 말 못할 힘든 일들이 많았으리라. 같은 여자로서 큰형님에게 앞으로도 계속 똑같은 생활을 하게 하는 건 분명 가혹한 일이다. 그렇다고 유키 자신이 대신할 수 있는 것도 아니었다.

'이거 참 큰일이네.'

유키는 젓가락을 들고 흑초가 들어간 탕수육을 조금씩 먹기 시작했다. 셋째 형님이 그 모습을 힐끗 보고 있다는 건 알아채지 못했다.

"어머니는 뭐라고 말씀하세요?"

넷째 아주버니가 입을 열었다. 그러면서 탕수육을 입에 넣는 모습에 유키는 조금 마음이 놓였다.

"죽고 싶다고밖에 안 해."

순간 방안에 싸늘한 분위기가 가득찼다. 그런 분위기를 감지하기라도 한 듯 아기가 보채기 시작해 넷째 형님이 방을 나갔다.

"큰일이네."

셋째 아주버니는 연신 머리를 긁적였다. 이제까지 많이 힘드셨겠구나 싶어 유키는 위로하는 마음으로 큰형님을 바라보았다. 그런데 눈앞에 있는 요리를 거의 다 먹었을 정도로 형님은 식욕이 대단했다. 모두가 숙연한 가운데 부지런히 젓가락을 놀리고 있었다. 줄곧 집안에서 시어머니 수발을 드니 오랜만의 외식이라는 건 이해할 수 있었다. 다만 이 가게의 음식량이 좀 많은 편이라 과식하는 게 아닌가 싶어 유키는 그 모습을 가만히 바라보았다. 큰형님은 동서의 그런 시선도 알아채지 못한 채 눈앞의 접시에만 유일하게 관심이 있는 듯했다.

"형님, 잘 드신다."

유키가 조용히 귓속말을 하자 남편이 그쪽으로 시선을 돌렸다.

"진짜네. 스트레스라도 푸시는 건가?"

큰형님을 제외한 나머지는 중화요리를 앞에 두고 깨작거렸다. 상황에 안 어울리는 회식이 계속되는 와중에 둘째 아주버니가 입을 열었다.

"형은 어떻게 하는 게 제일 좋을 거 같아요?"

"음, 난 말이지."

남편의 목에서 꿀꺽 침 넘어가는 소리가 들렸다.

"시설로 들어가시면 좋겠지. 너희들 생활에도 피해가 안 갈 거고. 다만 금전적인 부담은 해줘야겠지만."

"저기, 제가 그러고 싶다고 한 건 아니에요. 어머님을 시설에 보내는 건 반대했는데, 애들 아빠가 그렇게 하라고 해서……"

큰형님이 도중에 끼어들었다.

"시설이라."

넷째 아주버니는 머리 뒤로 양손을 깍지 꼈다.

"죽고 싶다는 말을 하는 사람을 시설로 보내도 될까? 몇 십 년을 아들 내외와 살아오셨는데."

모두가 으음, 하고 신음했다.

"그런데 어머님은 시설에 가도 괜찮다고 하셨어요. 조금 예전

일이긴 하지만."

큰형님이 옆에서 덧붙였다. 오랜만에 외식을 해서 힘이 나 말이 많아진 건가 싶었다.

"그땐 그렇게 생각했더라도 지금은 또 다를지도 모르고……"

둘째 아주버니가 모두를 둘러보았다. 다들 무슨 말을 해야 좋을지 몰라 애매한 웃음만 짓거나 아무런 반응 없이 눈앞의 접시를 가만히 쳐다보고 있었다.

"그게 아니라면, 돌아가면서 모셔야지."

"돌아가면서?"

모두가 동시에 소리를 높였다.

"그래. 모두 공평하게 모시는 거지."

"공평하게라는 게, 휠체어 타시는 어머님을 모두가 교대로 집으로 모셔 보살핀다는 말인가요?"

셋째 형님의 미간에 주름이 잡혔다.

"그건 어머님한테 안된 일이죠. 이 집 저 집으로 돌린다는 거잖아요."

셋째 아주버니도 살짝 화를 냈다.

"후훗, 뭐 그렇다고 할 수도 있겠네."

큰아주버니가 입을 다문 채 피식 웃는 바람에 다시 분위기가 험악해졌다.

"그건 좀 심하죠."

넷째도 화를 내자 큰아주버니는 실실 웃으며 의자 뒤로 몸을 젖혔다.

"돌아가면서 맡자는 건 농담이야. 장난이 안 통하는 녀석들이네. 며느리들이 교대로 우리집에 와서 어머니를 돌보자는 말이라고. 자고 가는 게 아니라 아침에 와서 저녁에 돌아가는 식으로. 그럼 괜찮지?"

"아니 저기."

큰 소리로 말을 꺼낸 건 둘째 형수였다.

"지금도 이렇게 바쁜데, 저희 집에서 형님네까지는 두 시간이나 걸린단 말이에요."

"얘기 들어보니 제수씨 최근에 일 시작한 모양이던데, 못 그만두려나?"

둘째 형님은 깜짝 놀라 큰형님을 쳐다보았다. 그녀에게 그 이야기를 했으니 큰아주버니에게 전달된 게 분명한데도 형님은 모른 체하고 있었다.

"그렇게 쉽게 그만둘 수 있는 문제가 아니죠. 애들이 어떤 학교로 진학할지도 모르고, 교육비도 많이 드니까요. 그래서 일을 시작한 거지 시간이 남아돌아서가 아니라고요. 다들 그래요."

둘째 형님은 유키보다 나이가 어리긴 해도 큰아주버니에게 할

말은 확실히 했다. 대단하다 싶어 감탄하던 찰나, 둘째 형님이 다시 내뱉은 말에 유키는 화들짝 놀랐다.

"그렇게 따지면 아이가 없는 사람이 부담이 적을 것 같네요."

"흐음, 그 말도 맞네."

고개를 끄덕이는 큰아주버니를 바라보며 옆에서 웅얼웅얼 제대로 소리도 못 내는 남편을 대신해 유키가 단호하게 입을 열었다.

"물론 저희는 아이가 없지만 그렇게 간단히 회사를 그만둘 순 없습니다. 맡은 일들이 있으니까요."

그러자 남편은 숨을 훅 내쉬고는 살짝 고개를 끄덕이며 유키를 바라보았다. 둘째 아주버니가 자세를 고쳐 앉았다.

"굳이 멀리 사는 사람을 오게 할 필요 없이 케어매니저에게 문의하면 요양보호사를 파견해주지 않을까요? 그렇게 하는 게 좋을 것 같은데요. 각자의 가정에 혼란을 주지 않고."

아내들은 격하게 수긍했다.

"그럼, 너희들은 어머니를 보살피기가 싫다는 거야?"

"그런 얘기가 아니잖아요."

둘째 형님이 언성을 높였다.

"어설픈 저희들이 우왕좌왕하는 것보단 그 일을 직업적으로 하는 프로한테 맡기는 게 좋지 않겠느냐는 말이죠."

"왜 처음부터 그렇게 하지 않았어요? 그럼 이제까지 형수님한테만 무리하게 어머니를 맡기지 않아도 됐잖아요. 다행히 어머니는 정신도 말짱하시고요."

둘째 부부가 합심해서 최선을 다해주는 덕분에 다른 부부들은 점점 그들에게 상황을 맡겨두려는 태도를 취하기 시작했다.

"그 얘기도 듣기는 했는데. 난 다른 사람이 우리집에 들어오는 게 싫어."

"네에?"

모두 어안이 벙벙해졌다.

"그래요, 형수님?"

"네, 좀. 애들 아빠가 워낙 그런 사람이라서요."

큰형님은 또 손수건으로 콧잔등을 살며시 눌렀다.

"이해가 안 되네."

둘째 아주버니가 양팔로 머리를 감쌌다.

"그러니까 너희들 손을 빌리거나 집에 남을 들이거나 하지 않고도 순조롭게 해내려면 시설에 넣는 수밖에 없단 말이다."

"그런 식으로, 어머니를 내쫓는 것처럼 말하지 마요."

"어쩔 수 없으니까 그렇지. 그럼 너희 집에서 모셔줄 거야? 못하겠지? 그럼 방금 너희가 말한 대로 프로한테 부탁할 수밖에 없잖아."

"……"

모두 입을 다물었다. 자신들은 어머니를 모실 수 없지만, 본인이 납득을 했다면 몰라도 그렇지 않은 상황에서 시설로 보내자니 양심의 가책이 느껴지는 것이다.

"그래서 말이죠, 공공요양원을 여러 군데 알아봤는데요."

큰형님이 가방에서 잽싸게 파일을 꺼냈다.

"제일 싼 데는 한 달에 구만구천 엔, 비싼 데는 이십사만 엔이다."

큰아주버니가 파일을 받아들고 말했다.

"어휴, 공공인데도."

"올해 생긴 지 얼마 안 돼서 시설도 아주 훌륭해."

꽤 가격 차이가 있구나, 하고 모두가 이야기를 주고받으며 큰형님이 가져온 파일을 바라보았다.

"그래서 어떻게 할 거예요? 결정했어요?"

"우리는 결정했지만 바로 보낼 수 있는 게 아냐. 대개 공공요양원은 대기자가 오백 명이라고 하니까."

"오백 명……"

형제들은 큰형에게 이것저것 물었다. 유키가 파일을 보니 한 달 경비가 가장 싼 시설은 6인실이라 비좁고, 비싼 시설은 인터넷이 가능한 1인실에 설비도 호화로웠다.

"매달 이십사만 엔을 낸다 해도 바로 못 들어간다는 거예요?"

둘째 아주버니가 물었다.

"그렇다는 거지. 일단 신청은 하겠지만 어머니가 살아 계신 동안은 뭐 힘들지 않을까, 하하하."

큰아주버니가 웃었다. 이게 웃을 일인가 싶어 유키는 어이가 없었지만, 그들 부부에게선 어딘지 모르게 즐거워하는 분위기가 감돌았다.

"어머니한테 그거 보여드렸어요?"

"어어, 보여드렸어. 아무데나 괜찮으니 마음대로 하라셔. 어디든 내가 골라준 곳으로 가겠다고. 집에 있을 수 없다면 어딜 가도 똑같다고."

시어머니가 하셨다는 그 말을 듣고 유키는 마음이 아팠다. 그렇다고 자신이 어떻게 할 수도 없다.

모두는 이어서 나온 면 요리를 후룩후룩 소리 내어 먹으면서도 대체 어떻게 해야 할지 계속 생각했다. 큰집 부부와 둘째 아주버니의 대화는 계속됐다.

"공공요양원이 힘들면 민영 시설에 보내드릴 수밖에 없는데."

"그렇죠. 민영은 들어갈 때 입소금이 필요해요. 입소금을 적게 내면 다달이 지불해야 하는 금액이 높아지는 방식이에요."

큰형님의 표정과 말투가 마치 영업사원 같았다.

"그걸 우리한테 내라는 거예요?"

"당연하지."

큰아주버니가 언성을 높였다. 장남이라고 모든 걸 부담하게 할 수는 없지만 도저히 이 사람을 돕고 싶은 기분이 들지 않는다.

"나도 다 생각이 있어. 어이, 너 연봉이 얼마야?"

큰아주버니가 넷째를 가리켰다.

"네? 여기서?"

넷째 아주버니는 당황스러워하다 이내 작은 소리로 말했다.

"육백만 엔 정도……"

그러자 남편은 유키에게 얼굴을 가까이하며 귓가에 속삭였다.

"나보다 적네."

유키는 남편의 수입이 다른 형제들보다 많든 적든 중요하지 않았다. 우선은 시어머니의 문제를 어떻게든 해결해야 한다는 마음이 더 컸다.

"그것보다 많은 녀석도 있고 적은 녀석도 있겠지. 그래서 각자 수입에 따라 지불할 금액을 내가 결정한다. 그러니 솔직하게 말해. 이러면 공평하잖아? 우하하하."

옆에서 큰형님도 가볍게 웃고 있다. 자신의 부담을 덜 수 있어서인지 표정이 한층 밝아 보였다.

"입소금은 최상부터 최하까지 천차만별이에요. 천정부지로 비싼 데도 있지만 대개 삼백만 엔부터 오백만 엔이래요. 비싼 데는 오천만 엔이라던가. 호호호호."

동생 부부들의 한숨소리가 그 웃음과 함께 섞였다.

"그렇게 하면 매달 내는 돈은 이십만 엔 정도 되는 모양이야."

부부들은 저마다 열심히 머릿속으로 계산을 했다. 입소금을 오백만, 매달 비용을 이십만으로 치고 수입이 똑같다고 가정할 경우, 각자 입소금 백만 엔과 다달이 사만 엔을 지출해야 한다. 속이 쓰리긴 해도 유키네는 식구가 둘뿐이라 어찌어찌 될 듯한데, 진학을 앞둔 자식들이 있는 집에서 그만한 부담은 힘들지 않을까.

"저희는 무리예요."

셋째 형님과 아기를 안고 있던 젊은 넷째 형님이 약속이라도 한 듯 동시에 소리쳤다.

"무리예요. 무리. 완전히 무리예요. 저희는 빼주세요."

셋째 형님은 연신 고개를 가로저었다.

"뭐야, 너, 그렇게 월급이 적은 거야?"

그 말에 셋째 아주버니가 인상을 쓰자 형님이 언성을 높였다.

"월급이 적다는 게 아니라, 아까도 말했듯이 저희는 애가 둘이나 있어서 앞으로 교육비가 많이 들어요. 아주버님은 요즘 애들 교육비가 얼마나 드는지 잘 모르시죠?"

셋째 형님이 사립고와 사립대 학비가 얼마나 비싼지 설명하기 시작하자 큰아주버니는 뚱한 얼굴로 듣고 있었다. 그 옆에서 큰 형님은 자신과 관계없다는 표정으로 면 요리의 국물까지 싹 비워냈다.

"흐음, 국공립 학교에 못 갈 정도로 머리가 나쁜 건가? 우리 딸들은 모두 국립을 다녀서 학비도 꽤 쌌는데."

그 말을 들은 셋째 형님이 귀신처럼 무서운 얼굴을 했다. 그 모습을 눈치챈 셋째 아주버니가 아내를 거들었다.

"학비가 싸고 비싸고의 문제가 아니라 애들한테 맞는 교육을 시키고 싶다는 말이죠. 학비가 비싸다고 가고 싶어하는 학교를 포기하게 할 순 없잖아요."

상황이 복잡하게 뒤얽히며 시끄러워지기 시작했다.

"어머님도 중요하지만 저희는 애들을 우선으로 하고 싶어요. 정말로 교육비 때문에 힘들단 말이에요."

셋째 형님이 몇 번이고 하소연했지만 그 말을 들은 큰아주버니는 눈을 감고 팔짱을 낀 채 미동도 없었다. 무슨 말을 할까 싶어 유키가 지켜보는데, 큰아주버니는 눈을 뜨고도 아무런 말이 없었다.

"저기, 저희도 힘들어서요."

질 수 없다는 듯 둘째 형님도 말을 꺼내자 큰아주버니는 뚱한 얼굴로 쏘아보더니 후루룩 큰 소리를 내며 한 번에 면을 다 먹어버렸다.

유키는 중식당 원탁에서 심각한 대화를 나누는 건 좋지 않다는 사실을 깨달았다. 실내의 무거운 분위기가 양어깨를 짓눌러와 뭉치기 시작했다. 원탁에서는 앉아 있는 사람들의 표정이 전부 잘 보인다. 모든 걸 좌지우지하려는 큰아주버니가 한마디씩 할 때마다 동생네 부부들의 표정이 변했다. 그 모습을 보고 있는 것만으로도 유키는 마음이 무거웠다.

"문자 왔어."

남편이 속삭이더니 원탁 아래로 휴대전화를 보여주었다. 둘째 형이 보내온 메시지였다.

"이따가 큰형 빼고 의논하자. 장소는 역 맞은편 버스 정류장 앞 찻집."

유키가 가볍게 고개를 끄덕이자 남편은 곧바로 답장을 보냈다. 말 한마디 꺼내지 않아도 동석한 다른 사람들과 연락을 주고받을 순 있었지만, 누가 봐도 이상한 상황인 건 분명했다.

큰아주버니는 '돌아가며 하루씩 모시기'와 '매달 요양원 비용 지원'을 제안하고 어느 쪽이든 결정하라고 했으나 동생 부부들에게는 둘 다 극단적인 선택지였다.

"어머님이 갑자기 나이드신 것도 아닌데 아주버님은 지금까지 아무런 생각도 안 하셨던 거예요? 갑자기 그렇게 말씀하시면 저희들도 난처하죠."

둘째 형님이 적극적으로 나섰다.

"뭐야, 너 지금 나를 비난하는 거야?"

큰아주버니가 위협적으로 말하자 둘째 아주버니가 언성을 높였다.

"제수씨한테 '너'가 뭐예요. 나도 그런 식으로 불러본 적이 없는데."

"하!"

큰아주버니는 콧방귀로 대꾸하고서 밉살스럽게 느물거리며 말했다.

"제수씨는 우리의 대처방식이 잘못됐다는 거네."

"잘못됐다고는 안 했어요. 다만 이런 일은 예상할 수 있었던 게 아니냐는 말이죠……"

"예상이라니, 너, 부모가 몇 살까지 살지 알아?"

"여보, 너라고 하지 마세요."

큰형님이 당황해서 큰아주버니의 팔을 잡아당겼다.

"그럼, 이 사람이 이대로 계속 어머니를 돌보면 된다는 건가?"

"그렇다는 건 아니에요."

둘째 형님의 목소리가 작아졌다.

"다시 처음으로 돌아간 건가……"

셋째 아주버니가 입을 열자 모두의 입에서 하아, 하고 한숨이 새어나왔다.

"어쨌든 오늘 여기서 결론을 내는 건 어려워 보이니까 시간을 주지. 월말까지 결정해서 연락해줘. 그럼 이만."

큰아주버니가 자리에서 벌떡 일어났다.

"그럼 잘 부탁해요."

큰형님도 입가에 손수건을 대고 허둥지둥 방에서 나갔다. 남겨진 부부들은 한동안 멍하니 있다 둘째 아주버니의 재촉에 줄줄이 가게를 나서려는데, 계산이 안 됐다며 점원이 불러세웠다.

"이런."

모두 경악하고 서 있는 사이, 둘째 형님이 울상으로 지갑을 꺼내자 다들 황급히 돈을 나누어 냈다. 형제들은 해도 해도 너무하다고 구시렁거리며 찻집으로 이동했고, 갓난아기가 있는 넷째 형님은 먼저 돌려보냈다. 남은 이들의 얼굴은 중식당에서보다 훨씬 그늘져 있었다.

"무지하게 쓴 커피를 마시고 싶은 기분이야."

둘째 아주버니가 자신의 노여움을 그대로 드러내자 다들 크게 고개를 끄덕이더니 에스프레소를 주문했다. 나온 커피를 입에 대는 순서대로 "하아" 하며 긴장 풀어지는 한숨소리들이 여기저기서 들려왔다. 잠시 침묵이 흐른 뒤 둘째 아주버니가 입을 열었다.

"큰일이네, 어떡하지."

다들 큰형님이 고생했다는 건 인정했다. 큰형님이 어머니를 도맡은 게 편하기도 해서 그대로 두었던 것 역시 사실이다. 다들 나름대로 신경을 썼어도 근본적으로 그 수고를 덜어준 것은 아니었다. 유키 부부는 아이가 없어 자유로우니 몇 년 전까지 휴가 때마다 국내외로 여행을 다니며 즐겁게 지냈다. 결혼하고 거의 여행 한 번 못 간 큰형님에게 기념품도 사다주곤 했지만, 자신들이 즐거운 시간을 보내는 동안 큰형님은 집안일을 계속했다. 다들 큰형님에게는 감사하는 마음과 함께 양심의 가책을 느끼고 있었다. 그것이 몇 십 년 지나 이제 폭발한 셈이다.

"아주버님이 형님한테 다 맡기고 자기는 나 몰라라 해서 이렇게 된 거잖아요. 큰소리만 치지 본인은 아무것도 안 했잖아."

둘째 형님이 화를 내기 시작했다. 자기 어머니이니 아주버님이 조금이라도 협조해서 형님한테 외출하거나 친구랑 놀러갈 시간을 만들어줬다면 이렇게는 되지 않았다. 지금 우리에게 필요한 건 에이코 형님을 대신할 사람인데, 그러면서도 요양보호사를 집으로 들이기 싫다고 하는 건 이해할 수 없다고 분개했다. 그 말에 아내들은 서로 수긍하고, 남편들은 낮은 신음소리를 낼 뿐이었다.

"할 수만 있다면 아주버님한테 '당신이 하시든지'라고 말하고 싶어."

큰아주버니는 자기 고집만 밀어붙이고 있다. 에이코 형님도 나름대로 여러 생각이 있었을 텐데 들은 척도 안 했을지 모른다. 하지만 그게 몇 십 년이나 계속되다보니 제아무리 독불장군 큰아주버니라도 아내가 불쌍해졌으리라. 그렇게 생각하면 부부 사이의 문제라고 볼 수도 있고, 요양보험을 잘 이용하면 조금이라도 부담을 덜어줄 수 있을 텐데 큰아주버니는 그것도 싫다 하고 있다.

"우리 어머니니까."

넷째 아주버니가 불쑥 말했다.

사람 수에 맞게 새로 블렌딩 커피가 나왔다. 눈앞에 새로 놓인 커피를 바라보아도 나오는 거라곤 한숨뿐이었다. 아이가 둘인 셋째 형님은 평소 '며느리'라는 입장을 의식하지 않고 지내다 이럴 때 며느리라는 압박을 받으니 얼굴이 어두워졌다.

몸으로 때우느냐 돈을 내느냐, 선택을 강요당한 상황에서 간단히 결론을 내릴 수 없었다. 돈으로 정리된다면 그게 낫지 않느냐는 사람도 있었고, 돌아가면서 돌본다면 그렇게까지 부담되지 않을 듯하다는 사람도 있었는데, 어쨌든 꼭 반대하는 사람이 나왔다. 솔직히 말하자면 다들 모두 싫었던 것이다.

"일단 확인 차원에서 어머님 이야기도 들어보는 게 좋지 않을까요?"

둘째 형님이 말했다. 아직 정신이 멀쩡하신데다, 직접 이야기를 듣지 않으면 제대로 알 수 없지 않겠느냐고 말이다. 그 말도 일리가 있겠다 싶어 유키가 고개를 끄덕이는데 난데없이 멋대로 지명을 당했다.

"그럼, 막내동서 부탁 좀 해. 동서는 시간이 자유롭잖아. 잠깐 들러서 어머님 얘기만 듣고 오면 돼. 우리는 애들 때문에 시간을 낼 수가 없어서."

"제수씨, 미안해요."

둘째 아주버니도 부탁을 했다. 그렇게 유키가 어리둥절해하는 사이 역할이 결정되고 모임은 해산했다. 집으로 가는 길, 약간 화가 난 유키에게 남편이 함께 가주겠다고 말했지만, 어설프게 둘이 갔다 자신들이 어머님을 맡는다고 생각할 수도 있으니 혼자 가겠다고 거절했다. 다음날, 큰형님 댁에 전화해 이번주 토요일에 어머님과 이야기를 하고 싶다고 설명하자 형님의 목소리가 묘하게 밝아졌다.

"어머님이 좋아하시겠다."

유키는 자신들이 어머님을 맡는다고 오해하는 일이 없기를 바라며 달력을 보았다.

큰형님 댁은 유키의 집에서 한 시간이 조금 안 걸리는 거리였다. 유키는 직접 만든 쓰쿠다니*를 가지고 오랜만에 방문했다. 오래된 집이라 마당에는 대대로 내려오는 소나무와 매화나무가 심겨 있고 화단에는 에이코가 키운 꽃과 화분이 죽 늘어서 있었다.

"오늘 애들 아빠가 동창들하고 일박 이일로 하코네에 갔어."

큰형님의 말에 유키는 속으로 쾌재를 불렀지만, 한편으로는 혼자서 느긋하게 놀러간 큰아주버니에게 화가 나기도 했다.

"어머님, 막내동서 왔어요."

시어머니의 방으로 들어가자 고여 있는 무거운 공기처럼 퀴퀴한 습기가 유키를 덮쳤다. 침대에 누워 텔레비전을 보고 있던 시어머니가 리모컨으로 전원을 끄고 몸을 일으켰다.

"오랜만이네. 건강해 보여서 좋다."

시어머니는 안색도 좋고 피부도 반들반들했다. 큰아주버니의 말대로라면 훨씬 어둡고 칙칙하고 절망적인 상태일 거라고 상상했는데, 분위기가 밝고 표정도 좋아 유키는 한시름 놓았다.

"어머님이야말로 별일 없이 건강하셔서 다행이에요."

"응, 뭐, 그렇지."

시어머니는 눈을 마주치지 않으려 하며 말을 우물거렸다. 유키는 시어머니가 권한 대로 침대 발치에 놓여 있는 스툴에 앉았

---

* 어패류, 해초, 채소 등을 간장으로 조린 요리.

다. 머리맡에는 리모컨과 텔레비전 편성표가 실린 잡지, 그리고 역사소설 문고본이 두 권 놓여 있었다. 유키는 방안을 여기저기 둘러보며 도대체 어떻게 이야기의 실마리를 잡아야 좋을지 필사적으로 머리를 굴렸다.

"이거 마셔."

큰형님이 생글생글 웃으며 차와 도라야키를 가져왔다. 유키는 고맙다고 인사하며 속으로는 형님이 계속 있을 건가 싶어 불안해졌다. 그렇게 시어머니의 본심을 어떻게 물어야 할지 고민하는 사이 전화가 걸려와 형님은 부엌으로 달려갔다.

"어머, 미쓰코. 오랜만이야."

목소리가 들리는 곳을 따라 부엌 쪽을 보니 형님이 식탁 의자를 끌어당겨 전화기 앞에 앉았다.

"네 형님이 학생 때부터 친한 친구."

통화가 길어질 모양이라 다행이었다. 유키는 시어머니와 함께 도라야키를 먹으며 입을 열었다.

"꽃 장식이 많네요."

유키는 선반에 조화가 빽빽하게 들어찬 방안을 둘러보았다. 서랍장 위 생화부터 여기저기에 장식품들이 놓여 있었다.

"에이코가 다 해주는 거라서."

"화려하고 좋네요."

"아니야, 난 매일 너무 보니까 질려서 이제 아무런 느낌도 안 들어."

이야기가 예상과 다르게 전개되자 유키는 초조했다. 선반에 낯익은 물건이 있었다. 한때 유행했던 비누 바구니라는 수예품이었다. 고형 비누에 시침핀을 꽂아서 레이스 따위를 고정시켜 만든 장식품인데, 선반 위에 죽 진열되어 있는 건 백조였다.

"오랜만에 보네요, 이거."

"그것도 네 형님이 만든 거야. 봐, 거기에 장미꽃도 있지? 어쩌다 네 형님 수예품을 장식하는 방이 돼버렸어."

유키는 시어머니가 조심스럽게 불만을 갖고 있다는 사실을 알았다. 부엌에서는 신나서 떠드는 큰형님의 목소리가 들렸다.

"그래서, 좀 불편하세요?"

유키가 작은 목소리로 묻자 시어머니는 얼굴을 가까이 하고서 대답했다.

"사실 그래."

본인은 좀더 깔끔한 방이 좋은데 큰형님이 꽃이나 직접 만든 수예품을 가져와 모조리 꾸며놓는 바람에, 물건이 잘 안 팔리는 가게의 창고에 사는 기분이 든다고 했다. 하지만 자신을 생각해 신경써주는 일이니 필요 없다고 하기도 미안해 말을 꺼낼 수가 없다고 말이다.

침대 옆에는 휠체어가 놓여 있었다. 재활치료에 대해서도 물어보니 시어머니의 다리는 전혀 움직이지 않는 게 아니라 걷는 데 약간 불편함이 있는 정도인 듯했다.

"그럼 재활치료 다니세요. 계속 누워만 있다고 좋아지는 것도 아니잖아요."

유키는 말없이 고개를 끄덕이는 시어머니를 설득했다. 먼 거리라는 건 들었지만 치료하면 움직일 가능성이 있다는데 방치해서 걷지 못하게 되는 건 너무 아깝지 않느냐고 말이다. 막상 시어머니의 얼굴에는 기운이 있었고 모든 걸 포기한 사람으로도 보이지 않았다. 정신도 멀쩡한데 계속 누워만 있는 건 정말로 아까웠다.

"그건 그렇지만……"

"방도 어머님 마음에 들게 정리해요. 필요 없는 건 버리시고요."

남편이 버리기 귀신이라고 부르는 유키는 자리에서 일어나 먼지를 뒤집어써 꽃잎이 뿌옇게 더러워진 조화 백합과 호접란 화분을 선반 위에서 바닥으로 내렸다.

"이렇게 먼지를 마시면 몸에도 나빠요. 제가 정리할 테니 어머님은 지시만 하세요."

유키가 버릴 물건을 담을 봉지를 찾고 있으니 시어머니가 선반 아래 문을 가리키며 그곳에 쓰레기봉투가 있다고 알려주었다. 유키는 봉투를 몇 장 꺼내 일단 먼지로 더러워진 조화 백합과 호접란을 화분에서 뽑아 담았다.

"저 위쪽 선반에 있는 것도 필요 없어. 전부 다."

천장 가까이에 있는 선반 위 조화와 수예품 모두 먼지를 뒤집어쓰고 있었다. 유키가 그것들을 전부 바닥에 내려놓자 시어머니가 말했다.

"비누는 먼지를 닦으면 쓸 수 있을지도 모르니까 빼놔줘."

유키는 그 말에 따라 시침핀을 빼고 비누만 다른 봉투에 모았다. 전부 오십 개였다. 그렇게 시어머니의 지시에 따라 장식물의 팔 할쯤을 바닥으로 내리는 사이 장시간 통화를 마친 큰형님이 다가왔다.

"무슨 일이에요?"

큰형님은 바닥에 한가득 늘어놓은 장식품과 조화를 보더니 눈이 동그래졌다.

"유키가 정리해주고 있어. 더러워진 것도 많고 해서. 먼지가 많으면 불결하잖아."

"불결하다뇨. 이 조화는 실크로 만들었단 말이에요."

큰형님이 조화 꽃잎에 쌓인 먼지를 손가락으로 털어내려 했으나 당연히 만들었던 당시의 모습으로 되돌아가지 않았다.

"봐, 잘 안 되지? 이참에 젊은 사람 힘을 빌려서 물건들을 싹 정리할까 싶어서."

시어머니의 목소리에서 긴장감이 느껴졌다.

"그렇게 하세요……"

큰형님은 실망한 기색을 보였다.

"형님이 어머님을 생각하는 마음은 충분히 전해졌어요. 조화라서 시들지는 않아도 때가 되면 버리는 게 좋지 않을까요?"

더러워진 조화가 원래대로 돌아갈 수 없음을 깨달은 큰형님은 유키가 부드럽게 말하자 씁쓸한 기색으로 동의했다.

"알겠어."

하지만 정리하는 걸 도와주지는 않고 조용히 방에서 나갔다.

"자, 얼른 하자."

시어머니가 서두르기에 유키는 재빨리 불필요한 물건들을 봉투에 쑤셔넣은 뒤, 뚱한 얼굴을 하고 있는 큰형님에게 걸레를 받아 와 선반을 닦았다. 정리하고 남은 장식품과 조화와 생화는 다시 진열했다. 그래도 꽤 많은 양이었다. 불필요한 물건은 45리터 쓰레기봉투로 열 개나 됐다. 쓰레기는 출입문 뒤쪽 옆에 있는 쓰레기통에 넣으라고 해서 집 안팎을 몇 번이나 왔다갔다한 끝에 마침내 방안이 깨끗해졌다. 유키는 마지막으로 걸레를 들고 바닥을 싹 닦았다.

"고마워. 기분좋다. 바람이 슝 하고 통할 것 같네."

시어머니는 손뼉까지 치며 기뻐했다. 꿉꿉했던 방안의 습도가 내려가서 그런 듯했다.

"에이코, 차 한 잔만 더 부탁해."

시어머니가 크게 외치자 얼마 안 있어 여전히 뚱해 있는 큰형님이 쟁반에 홍차와 롤케이크를 담아 가져왔다.

"깨끗해졌지?"

시어머니가 기분이 좋은 듯 말했다.

"그러네요."

큰형님은 마치 옛날 로봇처럼 아무 억양 없는 말투로 대답하고 사라졌다.

"아아, 정말 깨끗해졌어. 하길 잘했어."

홍차를 마시면서 시어머니는 몇 번이고 말했다. 큰형님이 있으니 대놓고 같이 기뻐할 수 없어 유키는 조용히 빙그레 웃었다. 시어머니는 도무지 "죽고 싶다"고 말한 사람으로 보이지 않았다. 워낙 고령이니 마음이 약해지면 그런 생각이 드는 날도 있을 테지만 지금만큼은 긍정적으로 살아갈 수 있는 분이 분명했다. 방안 환경을 바꾸지도 못하고 계속 똑같은 모습만 질리도록 보다보니 이를 당연하게 여겨서 긍정적인 마음을 가질 수 없었을 것이다.

"나 잠깐 화장실 좀."

시어머니가 침대 끝에 앉아 휠체어로 이동하려는 모습을 보고 유키가 말했다.

"제 어깨를 붙잡고 가보시겠어요?"

"응? 할 수 있을까? 집안에서도 휠체어만 타고 다녀서……"

시어머니는 유키의 어깨를 붙잡고 살살 일어서려고 했지만 다리 근육이 쇠퇴했는지 금세 다시 주저앉았다. 할 수 없이 시어머니를 휠체어에 태운 뒤 밀기에 익숙하지 않은 유키가 안간힘을 쓰고 있자 큰형님이 다가와 말없이 시어머니를 화장실로 데리고 갔다. 그리고 방으로 돌아와 시어머니를 침대에 앉히고는 다시 사라졌다. '나 지금 기분 상했어요'를 온몸으로 내뿜고 있었다.

"이 다리가 말썽이야."

시어머니는 오른손을 쥐고 분하다는 듯 몇 번이고 무릎 옆을 두드렸다. 재활치료를 할 마음이 있는지 유키가 다시 한번 물었다.

"편도로 두 시간이나 걸리는데다 자식들한테 폐만 끼치잖니."

"어머님이 조금이라도 걸으실 수 있다면 다들 그걸 더 좋아할 것 같은데요."

"그래도 각자 가정이 있으니 무리하게 나를 안 챙겨도……"

시어머니는 완고하게 재활치료를 거부하진 않았다. 다만 자식들의 수고를 생각해 손사래칠 뿐이었다. 유키는 계속 무릎 옆을 두드리는 시어머니를 보며 마음을 먹었다.

"형님들하고 의논해볼게요. 시설에 모시고 다닐 사람이 있으면 치료받으러 다녀주실 거지요?"

시어머니는 면목없다는 표정으로 살짝 고개를 끄덕였다.

"어머님 또 올게요. 건강히 지내고 계세요."

유키는 마당에 있던 큰형님에게도 인사하고 집을 나섰다.

"실례 많았습니다. 차 잘 마셨어요, 형님."

"응, 잘 가."

큰형님은 어두운 목소리로 대답만 하고 배웅도 하지 않았다. 유키는 집으로 돌아가 남편에게 시댁에서 있었던 일을 이야기했다.

"어머님은 치료받을 마음이 있으셔. 그러니까 우리가 교대로 시설까지 모시고 다니면 되지 않을까?"

"그러게. 의논해보자. 버리기 귀신도 가끔은 쓸모가 있네."

"당연하지."

남편의 말에 유키는 가슴을 쫙 폈다. 곧바로 남편은 형들에게 메신저 라인LINE으로 연락을 취했다.

큰아주버니가 해준 말과는 사뭇 다른 어머니의 모습에 다들 크게 놀랐다. 그도 그럴 것이 "죽고 싶다고밖에 안 해"라고만 들었으니 말이다. 아무리 자기들 어머니라도 그렇게 침울한 상태에서 마주할 일이 꺼려졌으나 실은 그렇지 않다는 사실을 이제는 알게 됐다.

"우릴 겁주려고 했는지는 몰라도 오히려 역효과가 나버렸네."

"그렇게 먼지 쌓인 방에 있으면 당연히 기분이 가라앉겠지."

형제들은 새삼 큰형에게 기막혀하기도 했지만, 어머니의 재활치료 대책을 세우는 데는 긍정적인 반응을 보였다. 마침내 둘째 아주버니가 가서 어머니와 얘기해보겠다고 했다.

며칠 뒤 라인으로 온 메시지에 따르면, 둘째 아주버니는 집에 있던 큰아주버니와 싸움이 나서 화를 내며 돌아갔다고 한다. 시설에 모시고 다니는 일뿐만 아니라 하루종일 어머니 곁에 있으라고까지 요구한 모양이다. 시설에 다니는 것만 왕복 네 시간이 걸려 이미 반나절이 날아가는 상황인데도, 거기서 끝이 아니라 저녁까지 줄곧 형님네서 어머니를 보살피지 않으면 요양원에 갈 수밖에 없다고 말이다.

"말이 안 통해!"

둘째 아주버니는 화가 머리끝까지 난 상태다. 시어머니는 "유키가 방을 깨끗하게 해줬다"고 좋아하시며 재활치료 시설에 다니는 것도 승낙하셨다. 그런데 큰아주버니가 역정을 냈다고 한다. "조금이라도 어머니 기분을 밝게 해주려던 집사람의 호의를 짓밟은 거야!"

"큰형은 자기가 하는 일 말고는 전부 마음에 안 들어한다니까."

남편은 한숨을 쉬며 나머지 형들과 연락을 주고받았다. 부부들 사이에도 이야기가 잘 이루어져 어머니를 돌보는 일에 소극적이던 아내들의 태도도 좀 유연해졌다. 여전히 큰아주버니만 노발대발했다.

"얼렁뚱땅 넘어갈 생각 마!"

큰형이 제일 문제라며 동생들이 기막혀하는 와중에 둘째 아주버니에게 에이코 형님이 전화를 걸어왔다.

"애들 아빠가 쓰러졌어요."

동생들은 크게 놀라면서도 그럴 만도 하다며 금세 납득했다.

"역시."

"툭하면 핏대를 세우니까 그렇지."

생명에 별다른 지장은 없지만 치료를 위해 큰아주버니는 입원 생활을 시작했다. 물론 큰형님도 병원에 꼬박 붙어 있어야 해서 결국 시어머니는 집에 혼자 남게 되었다.

"생각해보니 큰형만 집에 없으면 문제가 안 생길 것 같아."

남편이 말했다. 그간 다들 어머니를 만나고 싶지 않아서가 아니라 그 집에 큰형이 있어 가기를 꺼려했던 것이다. 이제는 어머니를 보살펴야 할 필요가 생겼으니 망설이고 있을 때가 아니었다. 마침내 큰형님까지 함께 의논한 끝에 입원한 큰아주버니는 그쪽 가족에게 맡기고, 동생 부부들이 교대로 어머니를 시설에 모시고 가기로 했다. 큰아주버니가 없는 사이 요양보호사도 오게 해 에이코 형님과 형제들의 부담도 덜기로 했다.

장롱면허 소지자인 유키는 남편에게 특훈을 받았다. 조수석에 남편을 태우고 동네를 돌거나 역 앞 마트까지 장을 보러 가기도 했다.

"음, 뭐 이만하면 괜찮겠어. 시설은 주차하기도 까다롭지 않으니까. 그래도 방심하지 말고 안전운전 해야 돼."

남편은 단단히 일렀다. 유키는 오랜만에 핸들을 잡아 조금 두근거리기도 했지만 얼마 안 있어 감각도 돌아오고 자신감이 붙기 시작했다.

큰형님 댁에 갔더니 시어머니가 혼자 있었다.

"에이코가 힘들 거야. 큰애가 자기 고집만 부려서 매일 이리저리 휘둘리거든. 병원에서도 주의를 받은 모양이야. 어릴 땐 저런 애가 아니었는데."

그간 시어머니는 장남에게 나름대로 의지해왔다. 어쨌든 유키는 간병 프로그램에서 본 순서대로 시어머니를 자동차 좌석에 앉히고 휠체어를 접어서 트렁크에 넣었다.

"힘들지? 미안해."

시어머니는 연신 미안해했다.

"그런 말씀 마세요. 어머님이 원하시면 저희는 기꺼이 도울 거예요. 형님네 부부들도 다 그렇게 생각하고 있으니 안심하세요."

"그래, 고맙구나."

가는 도중에 시어머니는 며느리들 칭찬을 늘어놓았다. 둘째가 만들어준 유부초밥이 맛있었다, 셋째는 친정어머니한테 배운 돈지루* 솜씨가 좋아서 아주 맛있다고 했더니 신혼 때 쑥스러워하며 만들어줘서 기뻤다, 넷째는 아직 나이가 어린데도 야무지다, 그리고 유키는 성격이 담백하고 깔끔하다…… 며느리들이 자신에게 잘해주기를 바라는 꿍꿍이에서 비롯한 말이 아닌 진심으로 그렇게 생각한다는 사실을 유키는 잘 알 수 있었다.

"어머님이랑 좀더 일찍 이야기를 나눴으면 좋았을 텐데요. 그럼 재활치료도 더 미리 다니게 해드렸을 텐데."

"그렇지 않아. 어차피 시설에 자리도 없었고, 큰애가 있으면 거북했을 거야."

그렇다고 대답할 수도 없어 유키는 그저 후후후 웃으며 얼버무렸다.

순조롭게 차를 몰아 예정보다 삼십 분 일찍 도착한 뒤, 유키는 휠체어에 시어머니를 태우고 시설 안으로 들어갔다. 수속은 큰형님이 미리 해두었다며 곧바로 담당자인 젊은 여성이 다가와 시어머니를 데리고 재활치료실로 사라졌다. 방은 일부가 유리창

---

* 미소된장과 돼지고기를 넣고 끓인 국.

144

으로 되어 있어서 안을 볼 수 있었다. 너무 빤히 보고 있으면 시어머니도 신경쓰이겠지 싶어 유키는 안뜰을 바라보거나 입구 근처 의자에 앉아 있거나 하다 이따금 치료실을 들여다보면서 조금은 차분하지 못한 기분으로 있었다. 모든 프로그램을 마치고 치료실에서 나온 시어머니의 얼굴은 몹시 상쾌해 보였다. 집으로 돌아가는 차 안에서도 표정이 밝았다.

"금방은 어렵겠지만 왠지 곧 걸을 수 있을 것 같아."

"다행이에요. 저희들은 신경쓰지 마시고 열심히 다니세요, 어머님."

유키도 기분이 밝아졌다. 돌아온 남편에게 그날 있었던 일을 이야기한 뒤, 형님들 칭찬을 전하며 다짐을 받기도 했다.

"아주버니들한테 꼭 잊지 말고 전해줘."

자신도 잊고 있었던 일들을 시어머니가 기억해줘서 셋째 형님은 감격해 눈물이 났다고 했다. 형님들은 시간을 내서 시어머니를 만나러 가거나 전화로 의사를 확인했다. 갓난아기가 있는 형님 대신 넷째 아주버니와 시어머니 간병에 소극적이었던 형님들은 자신들이 시설에 모시고 갈 수 있는 날을 정해서 도와주기로 했다.

유키가 자신의 당번일마다 시설에 따라간 게 몇 차례쯤 되던 어느 날, 시어머니는 봉을 붙잡고 천천히 걸었다. 침대 옆에서 일어서려다 금방 주저앉던 때와는 전혀 달랐다.

"어머님, 힘드시겠지만 잘하고 계세요. 서서히 효과도 나타나고 있으니 같이 힘내요."

담당자가 격려해주자 시어머니는 쑥스러운 듯 웃었다.

"지팡이를 짚고서라도 내 다리로 걷고 싶어서요."

이렇게 의욕적인 시어머니를 줄곧 침대 위에서 지내게 하며 자신들이 너무 무관심했다는 생각에 유키는 반성했다. 그래도 큰아주버니 때문에 이야기가 틀어졌던 건 사실이다.

큰아주버니는 집안 상황이 변한 걸 모르고 병상 위에서 지내고 있다. 말하는 데는 문제가 없지만 왼쪽 몸을 움직이기 어려운 상태다. 밉기는 해도 가족이라 큰형님에게 차도가 있는지 물으니, 상태가 좀 진정되고는 간호사가 마음에 안 든다며 매일 씩씩 댄다고 한다. 모든 일에서 자신을 최우선으로 해주지 않아 화를 내는 모양이었다. 그럴 때마다 사사건건 오른손을 휘두르며 호통을 친다고 한다.

"나를 뭘로 보고!"

자신이 간병받는 처지가 되면 조금은 주변 사람들의 마음을 헤아리지 않을까 남편은 기대했지만 실제로는 전혀 그렇지 않았다.

큰아주버니는 퇴원 후 재활치료 병원에서 지내야 해서 몇 달간 집에 돌아올 수 없다. 그러고서 돌아오면 어떻게 할지, 다음

달에 동생 부부들이 모여 의논하기로 했다. 한숨을 쉬거나 거부하는 사람 없이 어른들의 대화를 나눌 수 있을 듯하다. 자기 의견만 고집하는 사람이 없는 것만으로도 이토록 순조롭게 일이 풀린다.

시어머니의 성격 덕분에 받는 영향도 컸다. 시어머니와 이야기를 나누면 도와드리고 싶다, 뭐라도 도움이 되고 싶다는 마음이 마구 생겨난다. 이게 바로 타고난 인덕이라는 것이리라.

"결국 어머니 마음을 제일 이해하지 못했던 건 줄곧 옆에 있던 큰형 부부였어."

남편이 툭 내뱉듯 말했다. 큰아주버니 부부는 시어머니와 함께 지내면서도 그 마음을 헤아리려는 노력을 하지 않고 겉으로 드러난 말을 진심이라고 착각했다. 게다가 시어머니의 상태를 자신들의 상황에 맞게 각색해서 억지를 부리기도 했다.

무슨 일이 있을 때 손을 뻗어주고 싶은 사람이 있고 그렇지 않은 사람이 있다. 큰아주버니에게는 처자식이 있어서 다행이지만 만약 가족을 대신해 그를 돌보라고 한다면 다들 거부할 게 분명하다.

"어떻게 저런 어머니한테서 저런 형이 태어났을까."

유키가 차마 입으로 내뱉을 수 없었던 말을 남편이 대신 해주었다.

"어머님이 빨리 걸으실 수 있으면 좋겠다."

유키는 열심히 재활치료에 힘쓰고 있는 시어머니의 모습을 떠올렸다.

엄마,
괜찮아요?

야요이의 조부모는 다방면으로 사업을 했다. 할머니는 부동산업, 할아버지는 접객업. 집은 부지 990제곱미터, 건평 590제곱미터에 달하는 이층 저택이고, 번화가에 건물을 몇 채나 소유해 바, 클럽, 찻집을 경영했다. 야요이의 엄마 다카코는 무엇 하나 부족함 없이 유복하게 자랐다. 조부모는 딸을 완벽한 요조숙녀로 키우고 싶었는지 부잣집 자제들이 다니는 소위 귀족 여학교에 보내 피아노를 배우게 했다. 전쟁중에도 뒤로 손을 써서 고생한 번 하지 않고 자란 모양이었다. 그래서 그런 건지 엄마는 좋게 말하면 순진하고 나쁘게 말하면 맹했다. 할아버지는 아들을 원했던 모양이지만 자식은 엄마밖에 없었다. 따라서 전쟁이 끝난 후 곧바로 엄마의 결혼 상대를 골랐다고 한다.

"제대로 된 사위를 들이지 않으면 이러다 나중에 큰일난다고."

야요이가 고등학생 때 엄마한테 들은 이야기에 따르면 사위의 조건은 이랬다.

'장남이 아닌 사람' '똑똑한 사람' '몸이 튼튼한 사람' '진지하고 성실한 사람' 그리고 '못생긴 사람'.

다른 조건은 이해하겠는데 어째서 '못생긴 사람'이 들어가느냐고 야요이가 묻자, 할아버지의 이유는 이랬다고 한다.

"남자한테 돈이 있다고 알려지면 여자들이 붙는 법이다. 입이 무겁고 못생긴 남자한텐 여자가 붙지 않지."

집안 조건에 맞는 사위를 찾고 또 찾고, 고르고 또 골라 데릴사위로 들인 인물이 바로 야요이의 아빠 시로였다. 오형제 중 넷째인 그를 주변에서는 "진지와 성실이라는 옷을 입고 있는 남자"라고 평했다. 물론 못생기기도 했다. 야요이는 어릴 때 "아빠를 똑 닮았네"라는 말을 들어도 그런가보다 했지만, 훗날 데릴사위의 조건을 알고는 말할 것도 없이 화가 났다. 야요이의 별명이 스핑크스였던 것도 전부 아빠 때문이었다.

야요이의 엄마보다 열두 살 연상인 아빠는 그렇게 모든 조건을 만족시켜 데릴사위로 오게 되었다. 엄마가 스물두 살, 아빠는 서른네 살이었다. 그로부터 십이 년 후 야요이가 태어났다. 결혼하고 삼 년 오 년이 지나도 아이가 생기지 않아 할아버지는 조바심을 냈다. 그렇게 십 년이 지나자 진지하게 양자를 들이자는 이야기까지 나왔는데 엄마가 임신을 했다. 기쁨도 잠시, 조부모는 뒤를 이을 아들을 바랐지만 태어난 건 여자아이라 낙심한 마음을 감출 수 없었다고 한다. 이름도 '신노스케'만 생각해둔 터라, 삼월생이라는 이유로 간단히 지은 이름이 야요이였다. 좀더 늦게 태어났다면 우즈키가 됐을 것이다.[*]

야요이는 자신이 태어나고 자란 집을 아주 싫어했다. 어릴 때부터 조부모와 함께 식사를 했는데 식탁에서 오가는 대화라곤 전부 돈 얘기뿐이었다. 부모님은 그 정도까진 아니었지만, 조부모 두 분은 옷차림도 아주 화려해서 어린 마음에 그 모습이 창피했다. 특히 할머니는 빨강이나 핑크색 무늬가 들어간 옷만 입었다. 밝은 갈색으로 염색한 머리는 크고 둥글게 말고, 항상 보라색 그러데이션이 들어간 안경을 썼으며 화장도 진했다. 할아버지도 회색, 갈색, 남색의 조합으로는 옷을 입었던 기억이 없다. 그런 두 분의 대화는 어느 건물의 찻집이 임대료를 밀렸으니 쫓아내야겠다, 신바시에 토지가 매물로 나왔는데 다시 잘 되팔 수 있을까, 그런 얘기뿐이었다.

가끔씩 할아버지가 야요이의 학교 생활을 묻는 일도 있었지

---

[*] 야요이와 우즈키는 각각 음력 삼월과 사월의 다른 이름.

만, 쪽지시험이든 무엇이든 "일등이 아니면 안 돼"라고 야단맞기 일쑤였다. 이런 말을 듣기도 했다.

"우리집은 하품만 해도 질릴 만큼 돈이 들어오는 집이야. 야요이는 복 받았지."

야요이가 어떻게 답을 할지 곤란해하자 옆에서 엄마가 옆구리를 쿡쿡 찔렀다.

"얘, 네 하고 대답해야지."

야요이가 할 수 없이 "네" 하고 대답하면 할아버지는 "와하하하" 하며 기쁘다는 듯 웃었다. 그 의기양양한 웃음소리도 너무 싫었다.

조부모는 손녀가 그린 미술작품 같은 건 전혀 관심이 없는 듯했다. 학교에서 그린 그림을 보여주면 누가 봐도 전혀 진심이 느껴지지 않는 말투로 "어 그래, 잘 그렸네" 할 뿐이었다.

"야요이, 정말 잘 그렸구나."

조부모와 달리 물론 부모님은 칭찬해주었다. 그렇다고 벽에 붙이거나 하지는 않고 둥글게 말아 값비싼 통에 담아두었다. 현관은 물론 방과 복도에는 저명한 작가들의 그림이 걸려 있었으나 조부모가 특별히 그 작가들에게 흥미가 있어서는 아니었다. 지금 인기가 있다거나 혹은 나중에 비싸게 팔릴 거라는 업자의 추천을 받아 구입한 작품들일 뿐이었다. 집에 오는 손님들에게 전부 자랑할 만한 그림들이었을 테니 거기에 초등학생이 크레파스로 그린 유치한 그림을 붙여둘 마음이 어른들에게는 없었던 것이다.

야요이는 조부모와 부모의 권유에 따라 유치원부터 대학교까지 에스컬레이터식으로 자동 진학할 수 있는 학교에 다녔다. 편한 복장으로 동네의 초등학교를 다니는 아이들이 몹시 부러웠다. 야요이네 학교는 어지간한 일만 없다면 자동적으로 진학할 수 있어 동급생들은 아주 태평했다. 중학교와 고등학교에 올라가면 화려하게 노는 애들도 많아지고, 하굣길에 지하철역 화장실에서 옷을 갈아입고 번화가에 나가 노는 애들도 있었지만, 야요이는 기사 딸린 차량으로 등하교를 했기 때문에 그런 생활을 할 수 없었다. 할아버지는 교외활동을 하면 남학생과 접촉할 가능성이 있다며 동아리 활동도 금지했다. 유일하게 허락된 건, 기사를 대기시키고 하는 방과 후 쇼핑이었다. 야요이는 귀갓길에 서점에 들러 읽고 싶은 책을 잔뜩 구입해 차에 싣고 가는 즐거움 밖에 누리지 못했다.

"백화점에서 얼마든지 쇼핑해도 돼. 가족 카드 줬잖니."

엄마는 그렇게 말했지만 뭐든 사도 된다는 말을 들으니 오히려 갖고 싶은 것이 없었다. 백화점에 가더라도 물건이 너무 많아 보는 것만으로 현기증이 일었다. 옷을 보러 가서는 매장에 있는 걸 전부 다 산다 한들 야단맞을 일이 없다고 생각하니 의욕이 사라져 아무것도 사지 않고 돌아서기 일쑤였다.

야요이는 대학 전공을 생활과학과로 선택하고 조부모와 부모에게 비난받았다.

"왜 영문과나 국문과에 안 간 거야? 도무지 뜻도 알 수 없는 그런 과를 고르다니. 선 볼 때는 누구나 알기 쉬운 학부가 제일 좋단 말이야."

그 일은 자신의 미래가 그들에 의해 결정되고 있음을 어렴풋이 느끼던 차에 최초로 시도한 반항이었다.

성인식 때는 야요이가 아무것도 부탁하지 않았음에도 할머니가 교토의 명인에게 주문한 호화로운 후리소데* 한 벌이 와 있었다.

"어때, 근사하지?"

눈앞에 펼쳐진 주홍색 후리소데에는 학 몇 마리가 비스듬히 위를 향해 날아가는 무늬가 있었고 여기저기 흩뿌려진 꽃은 전부 자수였다.

"정말 훌륭해요. 좋겠다, 야요이."

엄마도 눈을 반짝이며 감탄했다.

"한 벌에 이천만 엔이면 싼 거지."

---

* 일본의 기모노 가운데 가장 화려한 복장으로, 성인식이나 결혼식에 입는다.

할아버지가 말했다.

"이건 정말 대단하네요."

아무 권력도 없는 데릴사위 아빠까지 옆에서 참견할 정도였다.

'스핑크스가 이걸 입어서 뭐하겠어.'

야요이는 어이가 없었다. 기모노에는 전혀 관심도 없는데다 무엇보다 그 옷이 자신에게 어울릴 거라는 생각이 들지 않았다. 게다가 이 얼토당토않은 가격이라니. 하지만 가족의 웃는 얼굴을 보니 혼자서만 뚱하게 있는 것도 곤란하겠다 싶어 생각을 바꿨다.

"예쁘네요. 감사합니다."

야요이는 고개 숙여 감사인사를 했지만 생각보다 뜨뜻미지근한 손녀의 반응에 조부모는 어리둥절해했다.

"얘가 원래 표현을 잘하는 성격이 아니잖아요. 그래도 속으론 정말 기쁘지? 야요이는 진짜 좋겠다."

옆에서 엄마가 거드는 말에 야요이는 말없이 고개를 끄덕이며 다시 한번 "정말 감사합니다" 하고 방을 나갔다. 그리고 복도로 나와서는 후우 하고 깊은 숨을 내쉬었다.

돈을 지나치게 쏟아부은 후리소데를 입고 머리와 화장 손질을 받고서 유명한 사진관에 가 촬영을 했다. 그리고 야요이가 대학교 삼학년이 되자 조부모와 부모는 맞선 이야기를 꺼냈다. 맞선 후보는 사장 아버지의 뒤를 이을 차기 사장, 그리고 유서 깊은 료칸*을 이을 후계자였다.

'이렇게 붙임성 없는 내가 유서 깊은 료칸의 여주인 같은 걸할 리가 없잖아.'

야요이는 맞선 이야기를 무시하고 취직하면 집에서 나가겠다고 통보했다. 야요이의 통보를 들은 조부모가 대체 무슨 논리에선지 취직하면 흠집이 난다는 말을 했으나 그것도 무시했다. 이내 부모님은 포기했지만 조부모 두 분은 끝까지 화를 냈다.

야요이가 식품회사 연구소로 취직이 결정된 뒤 졸업논문을 마무리하던 어느 날, 엄마가 팸플릿을 몇 권이나 들고 방으로 들어왔다.

"어디가 좋아?"

가족용 고급 아파트 분양 안내 책자였다.

"살고 싶은 데 아무데나 골라, 사줄 테니까. 역시 롯폰기가 좋겠지? 아니면 아오야마? 여기 세타가야가 동네는 좋지만 출퇴근시간이 좀 걸리잖아."

엄마는 자신이 이사하는 사람처럼 신나서 팸플릿을 들여다보았다.

---

* 일본의 전통 숙박시설.

"전부 내 월급으로 알아서 할 테니까 신경쓰지 마세요."

"초봉은 얼마 안 되잖아. 제대로 된 데는 못 살 거 아냐."

야요이는 '제대로 된 데'라는 말에 발끈했다.

"엄마 입장에서 보면 제대로 된 데가 아니겠지만, 이 세상의 나랑 비슷한 또래들은 다들 그런 곳에 살아요. 나도 언제까지 부모님 밑에서 응석 부릴 게 아니라 스스로 일해서 생활하고 싶어요."

엄마는 아무 말이 없었지만 조부모는 야요이가 이사하면서 집에 남긴 물건들을 전부 버리겠다고 노발대발했다.

"버리셔도 돼요. 이제 이 집에는 안 돌아올 테니까요."

야요이는 필요한 물건만 챙겨 원룸 아파트로 이사했다. 그후 딱 한 번 부모님이 찾아왔다. 엄마는 칠층짜리 아파트를 올려다보며 나직이 말했다.

"통째로 한 동을 사줬을 텐데."

야요이의 집을 본 부모님은 본가에 들어와 사는 가사도우미 방보다 좁다며 슬퍼하고 낙담했지만 야요이는 쾌적하게 살았다.

그후 버블경제가 도래했다. 노령이 되어서도 아주 만족스러운 생활을 영위한 조부모는 버블이 한창이던 때 연달아 돌아가셨다. 훗날 버블경제가 붕괴했을 때 부모님은 상속받은 수많은 자산을 날렸다. 조부모 때부터 일해온 가사도우미와 운전기사도 더이상 안고 갈 수 없어 적당히 퇴직금을 챙겨주고 그만두게

했다며, 엄마는 수화기 너머로 한숨을 내쉬었다. 그래도 건물 두 채와 자택은 남았다. 월급쟁이 야요이의 생활에는 아무런 영향이 없었다. 아빠의 몸 상태도 좋지 않은데다 두 분 다 "옛날이 좋았지" 하며 과거를 그리워하는 생활을 하게 됐지만, 야요이는 오히려 집안이 제대로 되어가고 있다고 바람직하게 생각했다. 그러나 안부를 물으러 전화를 하는 일은 있어도 집에 찾아가지는 않았다.

그리고 돌아가신 조부모와 부모의 바람과는 정반대로 야요이는 쉰 살이 된 지금도 여전히 독신이다. 다만 사는 곳이 원룸에서 방 두 개짜리 아파트로 바뀌었다. 몇 년 전 아빠가 돌아가셨을 때는 물론 장례식에 참석했고, 야요이도 재산 분배를 받았으나 부모님이 딸을 위해 만들었던 통장에 들어가 있었다. 야요이는 수중에 급여 통장밖에 없었기에 총액이 얼마인지 알지 못했고 물어볼 마음도 없었다.

혼자 지내게 된 엄마는 야요이와 함께 살고 싶은 눈치였다. 그렇다고 딱히 건강에 문제가 있는 건 아니었고, 음식은 백화점 출장판매부에서 유명 노포의 도시락을 매일 배달해주는데다 청소는 업체에 맡긴 터라 생활에 불편함을 겪는 것도 아니었다. 야요이는 혼자 사는 쾌적함을 알아버렸기에 좋은 추억이라고는 없는 본가로 돌아가고 싶지 않았다. 다만 엄마의 나이를 생각하면 딸

입장에서 언제까지 동거를 거부할 수만은 없겠다고, 아빠가 돌아가신 후로 줄곧 고민하긴 했다.

오랫동안 관여한 업무가 일단락되어 야요이는 엄마에게 알리지 않고 쉬는 날에 본가로 갔다. 미리 알리면 괜히 수선을 피우며 전에 일하던 사람들에게 연락을 해대서 귀찮아진다. 역에서부터 걸어가면서 둘러보니 본가는 여전히 변함없지만, 주변의 낡은 집들이 대부분 새로 지어졌거나 최신 자재를 쓴 주택이나 아파트로 바뀌어 있었다. 야요이는 이 동네에 처음 와본 사람처럼 두리번거리며 집에 도착했다. 넓은 정원이 깔끔하게 정돈된 걸 보면 정원사가 정기적으로 관리를 해주는 모양이었다.

방범카메라가 달린 인터폰을 누르자 엄마가 아닌 낯선 여자의 목소리가 들렸다.

"네."

"야요이예요."

아무런 대답 없이 딸칵 하고 인터폰이 끊어졌다. 야요이는 다시 한번 누른 뒤 모니터가 달려 있으니 가능한 한 얼굴이 보이도록 했다.

"네."

"야요인데요."

인터폰 너머에서 아이 목소리가 들리는 것 같았다.

'대체 이 상황은 뭐지?'

야요이는 혼란스러웠다. 여자는 짤막하게 한숨을 내쉬더니 무례한 말투로 물었다.

"야요이가 누군데?"

"이 집 딸인데요."

그러자 "헉" 하고 놀라며 허둥대는 소리가 들리더니 잠시 후 묵직한 대문이 조용히 열렸다. 집안에서 나온 사람은 얼굴 한 번 본 적 없는 사십대 언저리의 갈색 파마머리 여자였다.

"당신 누구세요?"

"당신이야말로 누구지?"

여자는 양손을 허리에 대고 거만하게 굴었다.

"누구냐니, 아까도 말했잖아요. 이 집 딸이에요. 어째서 당신이 여기 있는 거죠?"

안쪽에서 초등학생으로 보이는 여자애와 남자애가 달려나와 여자의 허리춤에 들러붙었다.

"딸이라고 증명할 수 있어요?"

여자는 이 집에 사는 사람처럼 행동했다. 야요이는 가방 안에서 신분증 겸 도난 방지를 위해 늘 가방 안에 넣고 다니는 여권을 펼쳐 여자의 눈앞에 들이밀었다. 여자는 시력이 나쁜지 눈을 가늘게 뜨고 들여다보았다.

"아, 그러세요? 그럼 들어오세요."

여자는 불만스러운 얼굴로 야요이를 들어오게 했다.

'그럼 들어오세요, 는 또 뭐야.'

집안에 들어선 야요이의 눈앞에는 믿을 수 없는 광경이 펼쳐져 있었다. 응접실로 사용했던 25제곱미터짜리 다다미방을 보니 칠기 공예품인 좌탁 위에 먹다 남은 볶음밥, 샐러드, 미소국 등 세 사람 분의 식사가 널려 있었다. 아이들의 교과서, 공책, 책가방, 옷, 장난감, 게임기도 뒹굴고 있었다.

"당신들 대체 누군데요? 엄마는 어디 있어요?"

문득 무서워진 야요이는 응접실을 나와 닥치는 대로 방들을 뒤졌다.

"자기 방에 계실 것 같은데요."

등뒤에서 여자가 나른한 목소리로 말했다. 야요이가 황급히 위층 방으로 가보니 엄마는 좋아하는 앤티크 의자에 앉아 아래층 좌탁에 있던 것과 똑같은 음식을 한창 먹고 있었다.

"어머, 야요이 어쩐 일이니?"

엄마가 젓가락을 든 채 눈을 동그랗게 뜨고 말했다.

"아래층에 있는 사람들 뭐예요? 도대체 누구예요?"

야요이는 엄마의 말에 대답하지 않고 언성을 높였다.

"으음."

엄마는 고개를 갸웃거렸다.

"왜 여기 있는 거예요? 뭐 때문에?"

"글쎄, 항상 있던데? 그래도 밥은 제대로 해줘."

"네에?"

야요이는 부랴부랴 아래층으로 내려가 여자를 앉히고 매섭게 쏘아보았다.

"제대로 설명해주세요."

"어머님한테 부탁받아서 살고 있는 거예요."

여자는 못마땅한 얼굴이다.

"무슨 조건으로?"

"들어와서 사는 대신 이런저런 집안일을 해줬으면 좋겠다고요. 아이들도 함께 살아도 된다면서."

"계약서 있습니까?"

"구두계약인데 그런 게 있을 리 없잖아요."

문득 옆을 보니 낯익은 가방이 놓여 있었다. 집에서 나올 때 놓고 간 건데 버리지 않고 두었던 모양이다. 가방 안에는 짐이 들어 있었다.

"그거 제가 집에 놓고 간 가방인데요."

여자는 순간 움찔하더니 이내 고개를 가로저었다.

"아니에요. 제 거예요."

"이건 내가 학생 때, 분수에 안 맞지만 부모님한테 생일 선물로 받았던 거라 가방 안쪽에 내 이니셜이 있을 거예요. 잠깐 확인해도 될까요?"

야요이가 가방에 다가가려 하자 여자는 황급히 손을 뻗어 저지했다. 머리끝까지 화가 난 야요이는 가방을 쫙 벌려 안쪽 가죽을 살펴보았다.

"거봐, 여기 이니셜 있잖아요. 왜 당신이 이걸 쓰는 거예요?"

"어머님한테 받았단 말이에요."

여자도 질 수 없다는 듯 야요이를 노려보았다.

"당신, 방금 당신 거라고 했잖아요. 왜 이제 와서 받았다고 하는 거예요?"

"그러니까, 받아서 제 것이 된 거죠."

아이들은 설전을 벌이는 두 사람을 곁눈질하며 남은 볶음밥을 입안에 급히 넣었다.

"엄마를 이쪽으로 모셔와 어떻게 된 일인지 물어보죠."

야요이가 방에서 나와 계단을 올라가는데 아래층에서 소리가 들렸다. 다시 돌아와 정원을 내다보니 책가방을 메고 양손에 보조가방을 든 두 아이가 굉장히 빠르게 집에서 나가는 모습이 보였다.

엄마와 야요이는 여자와 아이들의 생활 공간이 된 응접실에

똑바로 앉아 서로를 마주보았다. 야요이가 엄마에게 어떻게 이런 일이 벌어졌는지 물었다.

"음, 가만있자, 삼 개월 전인가? 어느 날 보니까 있더라고."

"어떻게 그런 말씀을…… 이 집에 꼭 와달라고 해서 왔더니."

여자는 왈칵 울기 시작했다. 그 모습에 엄마는 안절부절못했지만 야요이는 여자의 눈물에 아랑곳하지 않았다.

"일단 어디 사는 누구신지 말씀해주시겠어요? 저는 아까 신분증을 보여드렸잖아요."

여자는 흐느껴 울면서 이름과 주소를 말했다.

"이 근처에 집이 있네요?"

"그래서 어머님이랑 안면이 생겨서, 집안일 해줄 사람이 없어 불편하니 같이 여기서 살자고 부탁을 받은 건데에에."

여자는 다시 큰 소리로 울기 시작했다.

"내가 그랬나? 그런 적 없는 거 같은데."

엄마는 여전히 태연하다.

"엄마는 이렇게 말씀하시는데요."

"어머님은 가벼운 치매 증세가 있어서 기억이 오락가락하세요. 저, 이렇게 경우 없는 짓 하는 사람 아니에요."

야요이는 말문이 막혔다. 어쩌면 그럴 가능성도 없지는 않았지만, 그렇다고 생면부지인 사람한테 이런 일을 당하는 걸 그냥 둘 수 없는 노릇이다.

"일단 앞으로는 제가 함께 살면서 엄마를 돌봐드릴 거니까 당신이랑 아이들이 여기서 살 필요는 없겠어요. 지금까지 감사했습니다."

"와, 잘됐다."

야요이의 말이 끝나기 무섭게 엄마는 양손을 앞으로 모으며 방긋 웃었다. 여자는 원망 섞인 눈빛을 하고 흐느꼈다.

"그동안 신세를 졌으니 이사 비용은 저희가 내겠습니다. 짐 실을 트럭도 지금부터 수배해서 이삿짐 상자도 가지고 와달라고 할 테니 짐을 전부 꺼내두세요."

지인들을 통해 업자를 찾아본 끝에 저녁 무렵이면 트럭을 보낼 수 있다는 곳이 있어 야요이는 그렇게 해달라고 부탁했다.

여자는 울면서 응접실의 벽장을 열었다. 푹신푹신한 손님용 이불도 그들이 쓰고 있었다. 야요이는 버티고 서서 여자가 짐을 꺼내는 모습을 감시했다. 여자는 목청을 높여 울면서도 재빠르게 볶음밥 접시, 밥그릇, 국그릇, 샐러드볼을 챙기려고 했다.

"그 식기들은 우리 건데요."

"앗."

야요이가 딱 잘라 말하자 여자는 물건들을 칠기 좌탁 위에 돌려놓았다. 야요이가 단번에 함께 살 거라고 해 무척 기뻤는지,

엄마는 응접실의 소동에도 아랑곳 않고 부엌에서 콧노래를 부르며 바카라* 그릇에 아이스크림을 담아 가져왔다.

"야요이도 먹을래?"

딱히 먹고 싶은 마음은 없었지만 피가 솟구쳐 뜨거워진 머리를 식힐 겸 딱 한입만 먹었다.

"우리 오늘밤은 뭐 먹으러 갈까? 엄마는 오랜만에 그 집 가고 싶은데."

엄마는 아이스크림 그릇을 들고 야요이의 옆에 딱 붙어 유명한 고급 음식점 이름을 댔다.

"오늘은 힘들어요. 나중에 생각해요."

저녁식사가 뜻대로 되지 않아도 딸이 돌아왔다는 사실이 기쁜지 컨디션이 아주 좋아 보이는 엄마는 사교댄스라도 추듯 복도에서 빙글빙글 돌았다. 이건 젊을 때부터의 버릇이지 치매 증세 때문이 아니라고 야요이는 좋은 쪽으로 생각했다.

트럭 업자가 와 야요이가 돈을 건네자 여자네 식구가 가지고 들어온 짐들을 싣기 시작했다. 여자는 야요이와 엄마에게 사과도 없이 몹시 못마땅해하며 집에서 나갔다.

"뭐야, 저 태도는."

---

* 프랑스 최고급 크리스틸 브랜드.

168

야요이는 화가 가라앉지 않았다.

"얘, 우리 저녁은 밖에 나가서 먹자."

"알았어요, 그럼 몇 군데 후보를 말해보세요."

긴자의 중식당도 신바시의 고급 음식점도 당일 예약을 해야 해서 야요이에겐 죄다 귀찮은 곳뿐이었지만 다행히 중식당을 예약할 수 있었다. 엄마는 매우 기뻐하며 방으로 돌아가 외출복을 고르기 시작했다.

야요이는 집안을 살펴보았다. 부엌은 청소 한 번 한 기색이 없었고, 냉장고 안은 아이들이 좋아할 만한 캐릭터 과자와 주스, 전자레인지로 데워서 바로 먹을 수 있는 냉동식품으로 가득했으며 식재료는 거의 없었다. 욕조에는 곰팡이가 피어 있었다. 복도에 놓아둔 레플리카* 조각상 얼굴에는 연필로 수염이 그려져 있었다.

잠시 들렀다 갈 생각으로 가볍게 집에 왔다 상상도 못한 큰일을 겪은 야요이는 중식당에 가서야 긴장이 풀렸다. 조부모 때부터 친하게 지내온 곳이라 엄마와 야요이 둘뿐이지만 독실로 안내받았다. 휑뎅그렁한 원탁을 앞에 두고 있으니 야요이는 기분이 영 불편했지만, 줄곧 기분이 좋아 보이는 엄마는 기쁘다는 말

---

* 원작자가 손수 만든 사본.

을 연발했다.

"내가 우연히 왔으니 망정이지. 이상한 사람이 집에 왔으면 나한테 연락해야지 왜 안 했어요? 무슨 일을 당할 줄 알고."

"정신 차리고 보니까 집에 와서 앞으로 신세 좀 지겠다고 하더라고. 그래서 그냥 그런가보다 했지. 어차피 방도 남는데. 나 아직 치매는 아닌데 어쨌든 내가 부탁한 거라니까 그랬나보다 했지."

치매에 걸린 사람일수록 자신은 아니라고 부정한다는 얘기를 어디선가 들은 적이 있어 야요이는 조금 불안해졌다. 하지만 대화를 하면서 보니 그 여자를 그냥 내버려둔 일 말고는 특별히 이상한 점은 없었다.

"큰일이 없어서 다행이에요. 앞으로는 내가 제대로 관리할 테니까."

며칠 후 야요이가 건물 관리인에게 물어보니, 최근 몇 달간 여자가 나와 사모님한테 부탁받고 입주해서 일하는 사람이라고 했단다. 곧장 관리인이 부정하게 인출된 돈이 있는지 알아봤는데 딱히 문제는 없었다고 한다. 다만 엄마한테 물어보자 이런 대답이 돌아왔다.

"음, 가끔씩 놔뒀던 돈이 없어진 듯도 한데."

만약 엄마가 치매라면 물건이 없어졌다거나 도둑맞았다고 말할 수도 있기 때문에 그대로 다 믿을 수는 없었다. 야요이는 엄마를 슬쩍 병원에 모시고 가 진단을 받는 게 좋겠다고 생각했다.

열흘 후 야요이는 본가로 돌아왔다. 직접 밥을 지어 회사에 도시락을 싸가던 일상을 무너뜨리고 싶지 않아 쉬는 날 근처 마트에 식재료를 사러 간다고 하자 엄마는 고급 식료품점 이름을 꺼냈다.

"거기는 제대로 된 게 없잖아. 엄마가 다니던 그 가게로 가야지. 점장한테 전화해서 가져다달라고 할까?"

또 시작했구나 싶어 어이가 없었지만 야요이는 잘 대꾸하고서 장을 보러 갔다.

"잘 보고 골라서 사올게요."

집으로 돌아와 혼자 살 때 해먹던 요리를 만들었더니 엄마는 맛있게 잘 먹었다.

그러던 어느 날 물건을 사러 나갔다가 안면이 있는 아주머니를 만났다. 무슨 일만 있으면 "부자들은 좋겠네" 하며 밉살스럽게 굴어서 대하기가 껄끄러운 사람이었다.

"어머 야요이, 오랜만이네. 어쩐 일이야, 집에 돌아온 거야? 남편은? 애는?"

야요이는 잇달아 퍼붓는 질문에 마지못해 대답하며 말끝을 흐렸다.

"엄마도 이제 나이가 드셔서……"

"집에 있던 그 사람은?"

그 말에 야요이가 사정을 들려주자 아주머니는 비교적 자세히 자기가 알고 있는 이야기를 했다.

"당한 건가? 이상한 소문이 있어서 말이야. 그 여자, 돈 있어 보이는 독거노인들을 찾아가 그 집에 들어가 살면서 집안일을 해주겠다고 한대. 생판 남이어도 수발을 들어줬다는 이유로 조금이라도 유산을 받으려는 속셈인 모양이야. 가끔씩 돈이 없어진 적도 있다는 것 같아. 우리야 뭐 그 여자가 정말로 부탁을 받아 들어간 건지 아닌지 알 수가 있어야지."

"그런 건 가족도 알 수 없을 거예요. 여기 근처에 사는 여자 같더라고요."

"응, 마트에서 자주 봐. 분명 야요이 어머니가 큰 집에 혼자 산다는 얘길 어디선가 들은 거겠지."

야요이는 다시 한번 가슴을 쓸어내리며, 앞으로는 엄마랑 함께 살 거라고 아주머니에게 알렸다. 그러고서 마트로 이어지는 도롯가를 걸어가는데 반대쪽 인도에서 큰 소리로 웃으며 지나가는 부모와 아이 둘의 모습이 눈에 들어왔다.

'앗.'

입을 크게 벌리고 웃는 사람은 틀림없이 본가에 들어와 살았던 그 여자였다. 남편으로 보이는 남자도 지극히 평범했다. 두

남매도 분명 그때 본 아이들이다. 누가 봐도 평범한 가정이었다.

'그런데 왜 우리집에서 살았던 거야? 그리고 어쩜 저렇게 밝게 웃을 수가 있지?'

행복해 보이는 그들의 모습을 보니, 야요이는 어쩌면 여자의 말이 사실이고 자신이 그걸 믿지 않고 쫓아낸 걸지도 모른다는 생각까지 들었다. 무엇이 진짜인지 영문을 알 수 없었다.

"그래도 엄마랑 내가 부모 자식이라는 건 분명한 사실이야."

아무리 돈이 많아도, 최신 의학이 발달해 수명이 연장되고 온갖 미용기술로 노화를 방지한다 해도, 사람은 나이들고 수명이 다하면 저세상으로 간다. 야요이는 의문의 그 여자와 옥신각신했던 일은 잊고 앞으로 엄마와 둘이서 함께 살아가겠다고 다짐했다.

이모들,
안 싸워요?

마쓰미는 얼마 전에 새로 산 전동자전거의 페달을 밟고 있다. 이제까지 탔던 마마차리*였다면 오르막길에 접어들자마자 단번에 기운이 빠져버렸을 것이다. 마쓰미의 다리 힘으로는 비탈길의 경사를 버틸 수 없어 자전거를 끌며 걸어야 하기 때문이다. 하지만 이제는 새 자전거 덕분에 수월하게 오를 수 있다. 학생 때는 운전면허가 필요 없다고 생각해 전혀 관심을 두지 않았는데 지금은 살짝 후회하고 있다.

"마흔이 넘으니까 마마차리로 언덕을 오르는 건 너무 힘들어. 이 정도 투자라도 해야지 안 그럼 살 수가 없다니까. 왜 할아버

---

* 앞이나 뒤에 아이를 태울 수 있는 장치가 되어 있는 자전거.

지 할머니는 이런 곳에 집을 지으셨나 몰라."

마쓰미는 긴 언덕길을 오르며 딱히 누군가를 향해서가 아닌 혼잣말을 쏟아냈다. 숨을 헐떡거리며 긴 언덕길을 오르는 이유는 두 이모 때문이다. 엄마 미쓰코의 큰언니 다에코는 여든일곱, 작은언니 아사코는 여든다섯 살이다. 현재 일흔 살인 엄마는 언니들과 열두 살도 넘게 나이차가 난다. 엄마는 종종 이렇게 말했다.

"언니들 둘은 항상 같이 다니고 사이가 좋았는데 나는 꼬맹이라고 껴주지도 않았어. 난 무슨 움직이는 인형처럼 언니들한테 장난감 같았다니까."

전전戰前 세대와 전후戰後 세대라는 차이도 있어 툭하면 설교를 들었다고 한다.

"너는 좋겠다. 우리는 진짜 전쟁중에 고생 많이 했는데."

그래도 세 자매는 사이가 좋아서 관계를 잘 유지했다. 큰이모 다에코는 결혼한 지 이 년 만에 남편이 병으로 갑자기 죽는 바람에 친정으로 돌아와 그대로 재혼하지 않았다. 경리 일을 계속했기 때문에 만년에는 조부모를 부양하기도 했다. 작은이모 아사코는 장사에 관심이 있어 양장기능학교를 졸업한 후 양장점에 취직했고 이후에 여성 양품점을 경영했다. 예전에 여성 부티크 오너로서 인터뷰했던 잡지를 작은이모가 보여준 적도 있다. 작은이모는 결혼 경험이 없다. 세 자매 중 결혼해서 자식이 있는 사람은 엄마 미쓰코뿐이라 이모들은 엄마와 동갑내기 남편인 이쿠오를 의지하며 지냈다.

이모들의 상태가 이상해진 건 오 년 전이었다. 시작은 작은이모가 혼자 살던 아파트에서 넘어져 다리가 골절돼 병원에 입원하면서부터였다. 도통 이해할 수 없는 말을 하거나 다소 기억력이 떨어졌어도 환경이 바뀐 탓이라 여겼고, 집으로 돌아가면 원래대로 괜찮아질 거라고 생각했지만 그렇게 되지는 않았다. 그런 작은이모를 보며 "가여워라" 하던 큰이모도 나이는 어쩔 수 없었는지 그로부터 반년 후 갑자기 소란을 일으켰다.

"도둑이 들어 보석이랑 돈을 훔쳐갔어!"

큰이모는 조부모가 돌아가신 후에도 쭉 본가에 살았기 때문에 동네 이웃들과 잘 알고 지냈다. 대화하는 데도 지장이 없어 사람들은 정말로 도둑이 들었다고 믿었고 경찰까지 오는 소동이 일었다. 엄마 내외도 큰이모 말을 듣고 온 집안을 샅샅이 살폈으나 도둑맞은 물건은 없었다. 결국 엄마 내외가 주변 사람들에게 언니가 착각한 거라며 사과했다.

"아 그래? 도둑맞은 게 아니었구나."

그때 큰이모는 이렇게 말했지만 다음날이 되자 "없어, 없어졌어. 도둑맞았어!" 하고 또 소란을 피웠다. 그때의 일을 마쓰미에게 이야기하는 엄마의 표정은 어두웠다.

"식은땀이 났어, 정말."

이모들은 자식이 없어서 여동생인 미쓰코네 가족밖에 보살펴줄 사람이 없었다. 부부는 혼자 살고 있는 작은이모에게 언니랑 함께 살기를 제안했다.

"집에 돌아와서 언니랑 함께 사는 건 어때요? 또 넘어지기라도 하면 위험하잖아요."

두 사람을 보살피려면 그들이 함께 사는 편이 돌보는 사람 입장에서 수월했기 때문이다. 둘 다 아직은 증상이 가벼운 수준이었지만 그래도 병세는 진행되고 있었다. 엄마는 작은이모가 거절한다 해도 어쩔 수 없다고 포기할 생각이었다.

"그렇게 낡은 집은 싫어. 이 집이 좋아."

처음에 작은이모는 싫다고 했지만 결국엔 큰이모와 같이 살기로 했다. 큰이모 역시 동생과 사이가 좋았기 때문에 기뻐했다.

"같이 살면 더 재밌겠네."

엄마 내외는 친정집을 정리해 작은이모가 지낼 방을 만들고 무사히 이사도 끝마쳤다. 그렇게 자매의 동거가 시작되었다.

"어서 와, 기다리고 있었어."

"신세 지러 왔어."

싱글벙글 웃으며 마중 나온 큰이모와 기쁘게 집으로 들어가는 작은이모의 모습을 보며 엄마 내외는 그제야 안도의 한숨을 내쉬었다.

그런데 다음날, 큰이모에게 전화가 걸려와 엄마가 받았다.

"저기, 왜 아사코가 집에 있는 거야? 뭐하러 왔대? 여기는 내 집인데 자기 멋대로 들어왔어."

화를 내는 큰이모 뒤에서 작은이모가 언성을 높였다.

"됐어, 됐어. 내가 나가면 될 거 아냐!"

엄마가 부랴부랴 친정으로 달려가보니 둘은 무뚝뚝한 얼굴로 각자의 방에 있었다.

"내가 전에 아사코 언니가 이사 올 건데 괜찮겠냐고 물었잖아요. 그때 언니가 괜찮다고 해서 이 집으로 온 거예요. 어제는 그렇게 좋아했으면서."

"좋아했다고? 왜 좋아해? 이 집은 아버지, 어머니, 내가 사는 집인데. 아사코는 자기 멋대로 집을 나간 거니까 이제 와서 돌아와도 반겨줄 생각 없어."

큰이모는 불만이 가득했다.

"그래도 언니들 사이 좋았잖아요. 혼자 있으면 외로울 텐데."

"하나도 안 외로워. 날마다 즐겁게 보내고 있는걸. 사람 하나 늘면 공간만 더 좁고 귀찮아지기만 하지."

신기하게도 이럴 때만 큰이모의 머리가 민첩하게 돌아간다는 사실에 엄마는 슬퍼했다.

둘 다 고령이라 공공요양원을 알아봤지만 개호 3등급 이상이 아니면 입소할 수 없었고, 민영 시설은 너무 비싸 이미 연금으로 생활하는 엄마 내외가 두 사람 분의 비용을 부담하기는 어려웠다. 아빠 이쿠오가 후견인 자격으로 이모들의 자산을 확인해보니 큰이모에게는 본가의 토지와 집, 그리고 나름대로 저축해둔 돈이 좀 있었다. 작은이모는 치장하는 데 돈을 써버렸는지 생각보다 모아둔 돈이 적었고, 국민연금과 예금을 깨서 월세 생활을 하고 있었다. 그래도 그 돈을 마음대로 쓸 수는 없으니 넌지시 시설 얘기를 하자 자매는 언제 다퉜냐는 듯 일치단결해 저항했다.

"왜 그런 데를 가야 하는 거야?"

억지로 시설에 보낼 수는 없어 결국 요양보호사와 마쓰미네 가족이 이모네를 정기적으로 다니며 계속 돌봐주게 되었다.

그런 생활이 계속된 지 삼 년, 이모들 부탁이라면 싫은 내색 하나 없이 목공부터 온갖 일을 도와주던 아빠 이쿠오가 갑자기 세상을 떠났다. 물론 이모들도 장례식에 참석해 눈물을 흘리며 슬퍼했다.

"좋은 사람이었는데……"

하지만 장례식 후에 엄마가 손수 만든 반찬을 들고 찾아가자 이모들은 몇 번이나 물었다.

"어머, 제부는 왜 안 왔어?"

그럴 때마다 엄마는 상심한 목소리로 설명해야만 했다.

"언니들도 장례식에 왔잖아요. 그 사람 저세상으로 떠났어요."

"그랬구나. 아직 젊은데 안됐네."

그 말을 들은 이모들은 순순히 고개를 끄덕였지만 다시 이틀 정도 지나면 "그러고 보니 요즘 제부가 안 오네" 하고 말을 꺼냈다. 엄마는 대답하기도 귀찮아 "바빠서"라고 하기로 했다. 이런 이야기를 듣고 난 마쓰미는 더욱 심각해졌구나 싶어 앞일을 생각하지 않을 수 없었다.

그리고 지금 마쓰미가 엄마의 친정집으로 향하는 긴 언덕길을 전동자전거로 오르고 있는 건, 허리를 다쳐서 움직일 수 없는 엄마를 대신해서였다. 처음에는 엄마도 자전거를 타고 다녔는데 갈수록 힘들어져 택시로 왕복했다. 원래 허리가 좋지 않은데 언니들 간병에 갑작스러운 남편의 죽음까지 겪으며 피로가 쌓이다보니 제일 약한 부분이 더는 못 버티고 비명을 지른 모양이다. 그래서 마쓰미가 엄마를 대신해 마마차리를 타고 이모들의 식사를 운반했는데, 사십대에게도 꽤 힘든 일이라 필요경비인 셈 치고 자기 돈으로 이 자전거를 샀다.

"어서 와."

마쓰미가 집에 도착하자 이모들이 나란히 마중을 나왔다. 큰이모는 '왜 동생이 내 집에 있느냐'며 투덜거렸던 일을 잊고 요즘에는 둘이서 사이좋게 지내고 있다. 그것만으로도 큰 도움이 됐다.

"이모들, 안녕하세요. 오늘은 좀 어떠세요?"

마쓰미는 말을 건네며 자연스럽게 현관과 거실, 그리고 화장실을 확인한다. 요양보호사가 돌봐주고 있어선지 항상 깔끔하게 정돈되어 있다. 불을 쓰는 일만 하지 않는다면 특별히 문제는 없어 보였다.

"별일 없어. 잘 지내고 있어. 그렇지?"

큰이모는 거실 소파에 앉아 있는 작은이모를 바라보았다.

"응, 맞아. 잘 지내고 있어."

"다행이네요."

마쓰미가 반찬이 든 밀폐용기들을 테이블 위에 늘어놓자 이모들은 안을 들여다보았다.

"어머, 맛있겠다."

"이건 저녁. 그쪽에 있는 건 내일 아침식사니까 냉장고에 넣어둘게요."

"응, 고마워. 매일 큰 도움을 받네."

부엌 가스레인지는 쓸 수 없도록 가스관을 잠가버렸기 때문에 마쓰미는 전기포트로 커피를 만들고 사온 롤케이크를 각각 접시에 담아 이모들 앞에 두었다.

"고마워. 마쓰미 것도 있는 거야?"

"네, 있어요."

"그럼 여기 앉아."

자신을 이렇게 대해주는 이모들에게 병이 있다는 사실을 마쓰미는 믿기 힘들었다. 이토록 평범하고 자연스럽게 대화를 할 수도 있는데 말이다.

"맛있네."

이모들은 기분이 좋은지 서로 얼굴을 마주보았다. 정말 아프신 분들이 맞나 싶어 그 모습을 바라보는데 작은이모가 물었다.

"마쓰미는 지금 대학교 몇 학년이지?"

마쓰미는 흠칫 놀랐다.

"대학교는 한참 전에 졸업했죠. 지금은 마흔한 살 됐어요."

"뭐, 정말?"

작은이모는 놀란 눈치였다.

"못살아 정말, 너 그것도 잊어버린 거야?"

큰이모가 어이없다는 표정으로 동생을 바라보았다.

"마쓰미는 얼마 전에 결혼해서 새댁이 됐잖아."

미소를 지으며 그렇게 말하는 큰이모를 보며 마쓰미는 또 한 번 놀랐다. 분명 이 년 전에 회사 동료와 결혼을 하긴 했다. 그러나 결혼 후 반년이 지나 남편이 전 여자친구, 그것도 두 명하고 관계를 지속하고 있었다는 사실을 알게 됐다. 게다가 그중 한 사람은 마쓰미의 직속 상사였다. 도저히 결혼 생활을 유지할 수 없다고 생각해 결혼 후 일 년 만에 이혼했다. 물론 이모들도 결혼식에 참석했기 때문에 이 이야기는 엄마에게 들었을 터였다. 하지만 이미 이모들의 머릿속에서 지워진 것이리라.

이혼 후, 같은 층에서 남편과 상사의 얼굴을 마주치기 싫어 마쓰미는 퇴사했다. 자신의 경력과 능력이라면 불경기에도 쉽게 재취업할 수 있으리라 대수롭지 않게 생각했으나 마땅한 자리를 찾기가 좀처럼 어려웠다. 마침내 재취업할 수 있을 것 같았던 외국계 회사에서도 갑작스럽게 불채용 통보가 날아와, 지금은 정직원이 될 기회를 노리며 동네의 어린이 영어학원에서 아르바이트로 강사 일을 하고 있다.

이러한 자신의 상태를 눈앞의 이모들에게 대체 뭐라고 설명하면 좋을지 마쓰미는 재빨리 머리를 굴리다 이렇게만 말해두기로 했다.

"결혼했었는데 이혼했어요."

"이혼? 아니 누가?"

작은이모가 의아하다는 듯 마쓰미의 얼굴을 빤히 바라보았다.

"제가요."

"아니 언제?"

"으음, 일 년 전인가."

"아니 누구랑?"

"누구긴, 남자죠."

마쓰미는 전남편의 이름을 말하기도 싫었다.

"저기, 내일 태풍이 오려나?"

느닷없이 큰이모가 끼어들었다.

"태풍?"

마쓰미는 순간 놀랐지만, 이 모습이 지금의 큰이모였다.

"태풍은 안 올 것 같은데요. 한번 알아볼게요."

스마트폰으로 일기예보를 확인하고 마쓰미가 말했다.

"안 오는 거 같아요. 햇님 표시가 있는 걸 보니."

그러자 큰이모가 물었다.

"뭐가?"

뭐가 라니, 내일 태풍이 오냐고 물었잖아요, 라고 말하고 싶은 걸 꾹 참고 마쓰미는 최대한 상냥하게 말했다.

"태풍이 오냐고 물으셨잖아요."

"아이고 그런 걸 왜 물어봐. 이 계절에 태풍이 올 리가 없잖아. 못살아 정말, 아하하하."

마쓰미는 솔직히 놀림당한 듯한 기분에 울컥했지만 마음을 가라앉히고 말없이 빙그레 웃으며 스마트폰을 가방에 넣었다.

그 모습을 보고 있던 작은이모가 손을 뻗어 무릎 위에 올리며 말했다.

"마쓰미 가방, 근사하다."

"엄마가 만들어주신 거예요."

"미쓰코는 솜씨가 좋으니."

이런 평범한 대화도 오간다는 게 마쓰미는 오히려 더 혼란스러웠다. 그 손가방은 오래전 엄마가 취미로 패치워크를 하면서 만들어준 것이었다. 당시 말로는 표현 안 했지만 촌스럽다고 생각했다. 하지만 나이가 들어갈수록 한 땀씩 공들여 만들어준 엄마의 마음이 생각나 퇴직 후 애용하게 되었다.

"가볍고 튼튼해요."

"응, 그렇겠다. 나도 이런 게 갖고 싶어."

작은이모가 부럽다는 듯 가방을 쳐다보자 큰이모가 불쑥 끼어들었다.

"너 가방 많잖아. 손이 천 개 달린 천수관음도 아니고."

"이모는 멋쟁이였잖아요. 옷에 따라 가방도 다르게 드셨고. 저는 그런 이모가 항상 멋지다고 생각했어요."

그런 칭찬이 거슬렸는지 큰이모는 얼굴을 찌푸리며 말했다.

"얘는 있잖아, 젊었을 때부터 화려한 것만 좋아했어. 동네 사람들이 뭐라고 쑥덕거렸는지 모르지?"

"그게 무슨 말이야?"

작은이모의 얼굴도 험악해졌다. 마쓰미는 두 사람 사이에 끼어 난감해하며 앞으로 어떤 일이 벌어질지 지켜보았다. 문제가 생긴 건 사실이지만 그래도 뚱딴지같은 대화로 이어지지 않아 다행이었다.

"저 집 가운데 딸내미는 너무 화려해. 대체 무슨 일을 하는지 모르겠어. 사람들이 이런 말을 했다고."

"그렇지 않아. 내가 직접 만든 원피스를 입고 걸어가면 다들 멋지다면서 만져보러 왔었어."

"어차피 빈말인데 뭐."

"빈말이라니. 내가 그 사람들한테 바느질하는 법도 가르쳐줬는데."

이모들의 말싸움은 한참 계속됐다. 마쓰미는 이대로 둘을 내 버려두고 갈 수 없어 큰이모를 달래기로 했다.

"이제 이 얘기는 그만 끝. 큰이모도 멋쟁이셨잖아요. 근사한 정장을 입고 찍으신 사진을 본 적이 있어요."

그러자 즉시 작은이모가 앞으로 몸을 쑥 내밀었다.

"그 정장, 내가 만들어줬어. 재킷 길이가 짧고 옷깃이 이렇게 둥근 거 말하는 거지?"

마쓰미는 정확히 기억이 나질 않아 우물쭈물했다. 그러자 큰 이모가 우겼다.

"아니야. 그건 부모님이 맞춰주신 거야."

어떻게든 상황을 수습하려다 더 골치 아프게 됐다 싶어 마쓰미는 마음이 무거워졌다. 그런데 갑자기 큰이모가 자리에서 일어나 정원에 있는 나무를 가리켰다.

"어머나 저것 봐. 어미랑 새끼인가?"

어디서 날아왔는지 나뭇가지 위에 크고 작은 갈색 종이들이 걸려 있었다. 멀리서는 어미와 새끼 참새로 보일 수도 있겠지만, 아니다.

"어머 귀여워라."

작은이모도 자리에서 일어나 유리창에 찰싹 달라붙었다. 방금 전까지 그 험악한 분위기는 거짓말처럼 사라졌다. 저기 보이는 건 새가 아니라고, 마쓰미는 지적하지 않았다. 대신 새로 차를 끓였다. 실제야 어떻든 이모들이 사이좋게 지낼 수만 있으면 좋겠다는 생각을 하면서도 한편으로는 절대 그렇게 되지는 않으리라는 예감에 마쓰미는 마음이 복잡해졌다.

오를 때는 힘들지만 돌아갈 때는 편안한 언덕을 단숨에 내려가 마쓰미는 집으로 돌아왔다. 엄마 미쓰코는 등쪽에 쿠션을 대고 장식품처럼 소파에 앉아 마쓰미를 향해 고개만 돌린 채 물었다.

"수고했어. 이모들은 어때?"

이모들 얘기를 들은 엄마는 한숨을 쉬었다. 그러고는 나직이 말했다.

"큰일났네. 깜짝 놀랄 때도 있지만 그래도 아직 평범하게 대화가 되니 괜찮을 거라고 생각했는데. 앞으로가 더 걱정이야. 게다가 나도 몸이 이 모양이니."

"어쩔 수 없지. 누구든 나이를 먹는 거니까. 엄마 허리는 피로가 쌓여서 그런 거라고 의사 선생님도 말했잖아."

마쓰미가 엄마를 다독였다.

"이 주변에 공공요양원이 열세 군데라는데, 어디든 대기자가 삼사백 명이래. 그걸 기다리는 동안 언니들은커녕 나도 이 세상과 작별하고 없겠어."

엄마는 또 한숨을 쉬었다.

"뭐, 어때. 지금은 나랑 요양보호사가 어떻게든 해나가고 있으니까 괜찮아."

"그거야 그렇지만…… 아빠도 안 계시고, 내 허리도 안 좋고. 앞으로 너도 직장을 찾아야 하잖아. 그럼 언니들을 보살피는 게 힘들어질 텐데."

"그렇게 되면 대신 금전적으로 조금은 도울 수 있으니까 다른 방법이 있겠지."

"그럴까? 앞으로 어찌되려나."

엄마는 아빠가 돌아가신 뒤로 의기소침해졌다. 가능하면 그 감정이 큰일로 번지지 않도록 마쓰미도 밝게 행동하려고 하지만 항상 그럴 수 없는 일이다. 이러다 두 이모와 엄마의 간병만 하다 자신의 인생이 끝나버리는 건 아닐까 불안할 때도 있다. 엄마가 한 말들을 떠올리며 집안에 남은 자산을 계산해본 뒤 그런 자신이 너무 한심하다는 생각이 들어 자기혐오에 빠지기도 했다. 하지만 자신마저 우울해지면 헤어나기 힘든 상황에 빠질 테니 억지로라도 기운을 내야 한다고 마쓰미는 스스로를 타일렀다.

"내가 봤을 때 언니들은 개호 3등급 정도는 되지 않을까 싶은데, 어떻게 안 되려나?"

엄마는 자꾸 푸념만 늘어놓았다.

"이제 그 얘기는 그만. 달달한 거라도 먹고 잠깐 쉴까?"

마쓰미는 밝은 목소리를 내며 홍차와 롤케이크를 쟁반에 담아 엄마 앞에 두었다. 달달한 케이크를 먹고 마음이 조금 진정됐는지 엄마는 그대로 눈을 감고 꾸벅꾸벅 졸기 시작했다.

'휴우.'

마쓰미는 그제야 한시름 놓고 방으로 들어가 내일 오전에 있을 영어 수업 준비를 시작했다.

다행히 엄마의 허리는 나날이 좋아졌다. 아무래도 자신이 운전을 하면 훨씬 편해질 테니 시간이 있을 때 면허 학원에 다닐까 싶어 마쓰미는 엄마에게 의견을 물었다.

"앞으로 더 나이 먹으면 판단력이 흐려질 텐데 이제 와서 운전 면허를 뭐하러 따. 차 유지비도 드는데. 필요할 때는 택시를 타면 되잖아."

하지만 둘이서 그리 멀지 않은 곳으로 외출할 때마다 설마하니 전동자전거 뒤에 엄마를 태울 수 없는 노릇이라 마쓰미는 조금 불편함을 느끼고 있었다. 운전면허가 있으면 구직 범위도 더 넓어질지 모른다. 하지만 이러니저러니 해도 지금은 새로 구입한 전동자전거로 이리저리 달릴 수밖에 없다.

다음날도 마쓰미는 여느 때처럼 엄마가 만든 반찬을 자전거 앞바구니에 넣고 언덕길을 올라 이모네로 향했다. 마당에 빨래가 널려 있는 걸 보니 빨래하는 습관은 아직 남아 있는 듯했다.

"매번 고마워."

이모들이 말했다. 소파에 앉아 있는 큰이모와 식탁 의자에 앉아 있는 작은이모의 모습은 변함이 없었다. 집안을 살펴보니 현관과 거실도 나름대로 정리되어 있었다. 그런데 장지문이 열려 있는 큰이모의 방안을 들여다보니 엄청난 광경이 펼쳐져 있었다. 침대 위에 겨울 코트와 침대 시트, 목욕수건, 속옷, 원피스, 바지, 기모노, 하오리*, 허리끈이 쌓여 있었다. 마쓰미가 놀라서 돌아보다가 큰이모와 눈이 마주쳤다. 큰이모는 마쓰미를 바라보며 어리둥절한 표정을 짓고 있었다.

"이게 무슨 일이에요? 여기서 어떻게 자요?"

"으응?"

큰이모가 천천히 걸어왔다.

"여기 좀 봐요, 이러면 침대에서 못 자잖아요."

마쓰미가 침대를 가리켰다.

"그렇지 않아. 봐봐, 이렇게 해서……"

큰이모는 산더미처럼 쌓인 옷가지들 속으로 발을 푹 집어넣더니 곰지락곰지락 몸을 흔들며 그 속으로 어깨까지 파묻었다.

"이봐, 얼마나 따뜻한데."

'따뜻한지는 몰라도 그러면 침대에 눕는 의미가 없잖아요.'

마쓰미는 하고 싶은 말을 꾹 참고 좋은 말로 타일렀다.

"그러면 옷이랑 기모노에 주름이 생기잖아요."

"그렇지 않아. 이거 봐, 이렇게 따뜻하다고."

따뜻한 건 알겠다며 마쓰미는 자리를 떴다. 식탁 의자에 앉아 있는 작은이모가 얼굴을 찌푸리며 소곤거렸다.

"언니 참 한심하지? 나도 전부터 하지 말라고 했어."

---

* 옷 위에 방한용으로 덧입는 짧은 겉옷.

"그래요? 이모 방도 봐도 될까요?"

"그럼, 얼마든지. 정리는 안 됐지만."

작은이모의 방문을 열자, 명품 에나멜 토트백 안에 슬리퍼 세 켤레가 쑤셔져 있는 광경이 제일 먼저 눈에 들어왔다. 바닥에는 발 디딜 틈 없이 가방과 구두가 늘어져 있었다.

"가방이랑 구두가 어마어마하게 많네요."

마쓰미는 조용히 문을 닫았다.

"봐, 괜찮다 싶으면 바로 사게 되더라니까."

누가 봐도 이모들은 소지품을 관리할 수 없는 상태가 되었다. 하지만 물건들을 처분하거나 정리한다면 아마도 둘은 불같이 화를 내리라. 아직 집 밖이 깨끗하고 이웃에 피해를 주는 건 아닌 듯해 마쓰미는 일단 눈감아주기로 했다.

"맛있겠다. 미쓰코는 요리를 참 잘한다니까."

작은이모는 식탁 위에 있는 밀폐용기들을 차례차례 열어서 내용물을 확인했다.

"너, 너무 많이 먹어."

"뭐가?"

큰이모가 정색하고 말하자 작은이모는 불만스러운 목소리로 대꾸했다.

"미쓰코가 만들어준 걸 너 혼자서 다 먹는다는 말이야. 나도 더 먹고 싶은데 네가 다 차지하잖아."

"그렇지 않아. 언니도 지난번에 누에콩조림 다 먹어버렸잖아. 나도 먹고 싶었는데."

"무슨 소리야. 네가 다 먹었잖아."

"못살아 정말. 이래서 치매 걸린 사람은 싫다니까."

"치매 걸린 사람은 너지."

마쓰미는 테니스 시합이라도 보듯 좌우로 번갈아 고개를 돌리다 이모들의 말다툼에 지쳐버렸다. 애초 누에콩조림 같은 건 가져온 기억이 없는데다 엄마가 만드는 걸 본 적도 없다. 이모들 머릿속에 남아 있는 음식에 대한 원한이 있지도 않은 콩조림 쟁탈전으로 번진 셈이었다.

"엄마한테 또 만들어달라고 할게요. 그러니까 오늘은 이걸로 드시고 싸움은 그만하면 안 될까요?"

마쓰미의 말에 이모들은 할 수 없이 고개를 끄덕이고는 밀폐용기 속 죽순조림과 통삼겹조림을 보며 만족스러운 얼굴을 했다.

"그럼 이제 간식 드실까요?"

마쓰미가 치즈케이크를 꺼내자 이모들은 한층 더 기분이 좋아 보였다.

"맛있겠다."

어린아이처럼 케이크를 먹기 시작하는 이모들을 보니 엄마가 아이들을 조용히 시키려고 입에 먹을 걸 넣어주는 거랑 똑같은 모양새라 마쓰미는 기분이 복잡해졌다.

"참, 네 가게는 요즘 어때?"

큰이모가 작은이모에게 물었다.

"가게? 그 가게는 안 돼. 맛도 없고 거기서 식중독 걸린 사람도 많다고 하던데."

마쓰미는 어리둥절해 큰이모의 얼굴을 보았다. 장난치는 기색도 없이 진지한 표정이다.

"아아, 그렇구나. 흐음. 그 집이 꽤 무늬가 예쁜 옷들을 갖다놓았는데."

"아아, 그 집에 세련된 물건이 많았지. 사장의 취향이 괜찮았으니까. 나도 거기서 유리그릇을 산 적이 있어."

"유리도 예쁘긴 한데, 금방 깨져버려서."

"맞아, 유리가 깨지면 그걸 수리하는 데 또 돈이 많이 들어. 우리 가게도 어린애 자전거가 넘어져서 깨졌잖아. 부모가 도망치는 바람에 우리가 다 부담하느라 힘들었다니까."

"자전거 타는 것도 힘들었지. 넌 자전거 타는 게 서툴러서 몇 번이나 하수구에 빠졌잖아."

"하수구 바닥 청소도 했잖아. 요즘엔 전혀 안 하지만."

"그러고 보니 빗자루는 어디에 뒀더라. 청소해야 하는데."

큰이모가 일어나 두리번거리며 주위를 둘러보았다.

"이모, 케이크 다 드신 다음에 하는 게 어때요? 천천히 드세요."

마쓰미는 어깨에 손을 올려 이모를 다시 의자에 앉혔다. 어느새 목소리가 잠겨버렸다.

"우리집에는 가정부가 세 명 있었어. 머리 감기부터 옷 갈아입는 것까지 전부 도와줬지."

작은이모가 황홀한 표정을 지었다. 외갓집에 가정부가 세 명 있었다는 소리는 들어본 적도 없다.

마쓰미는 이모들이 케이크를 다 먹는 모습을 끝까지 지켜본 뒤, 저녁식사를 준비해두고 나와 자전거에 올라탔다. 이모들은 싱글벙글 웃으며 손을 흔들어 배웅해주었다.

뒤죽박죽 불가사의하게 이어지는 이모들의 대화. 서로 영문을 알 수 없는 이야기를 하면서도 대화가 이뤄진다는 사실이 어떤 기적처럼, 누구도 맞설 수 없는 선문답처럼 느껴졌다. 이모들의 발상은 상상을 초월하기 때문에 듣다보면 재미있을 때도 있지만, 진지하게 두 사람의 앞날을 생각하면 불안은 점점 커져간다.

"아, 어떻게 하라는 거야!"

마쓰미는 큰 소리로 외치며 전속력을 다해 긴 언덕길을 내려갔다.

엄마,
뭐가 보여요?

하루카는 근무하던 회사의 거래처에서 만난 영업담당자 쓰요시와 스물네 살에 연애결혼을 했다. 쓰요시는 취미로 달리기를 해서인지 햇빛에 적당히 그을린 구릿빛 피부와 언제나 밝고 시원한 성격을 가진 건강한 사람이었다. 하루카에게는 그런 쓰요시가 매우 눈부신 존재였다. 결혼 이야기가 나왔을 때, 외동딸인 하루카는 자기가 집을 떠나도 될지 고민스러웠다. 아빠가 마흔다섯 살, 엄마가 서른아홉 살일 때 하루카를 낳았다. 친구들의 부모님과 비교하면 열 살 이상 차이가 나기 때문에 하루카는 부모의 노년에 민감할 수밖에 없었다. 게다가 지병이 있는 아버지가 그 무렵부터 입퇴원을 반복하는 바람에 결혼 후에도 일을 계속하면서 친정을 오가며 엄마를 도울 수 있을지 자신이 없었다.

"하루카가 하고 싶은 대로 해."

엄마는 말했지만 속마음은 그렇지 않다는 것도 하루카는 알고 있었다. 하루카의 표정이 썩 밝지 않은 걸 눈치챈 쓰요시가 이야기를 듣더니 처가에서 함께 살면 쉽게 해결될 문제라고 말해주었다. 하루카는 진심으로 그에게 감사한 마음이 들었다.

"어머나, 신혼부부랑 한 지붕 아래에 살다니. 어떤 표정을 지어야 할지 모르겠네."

엄마는 이렇게 말하며 웃었지만 진심으로 좋아하고 있음을 하루카는 금방 알 수 있었다. 먼 곳에 사는 시부모님도 별다른 말은 하지 않았고 결혼식도 무탈하게 끝났다. 남편은 신혼여행으로 간 하와이에서도 아침 일찍 달리기를 했다. 운동을 싫어하는 하루카는 남편이 함께 달리자고 해도 거절하고 그가 돌아올 때까지 호텔 네일숍에 가거나 쇼핑을 하며 시간을 보냈다. 귀국하자마자 갑작스레 아빠가 돌아가신 일은 유감스러웠지만 그후로는 순풍에 돛 단 듯 순조로운 생활이 이어졌다.

결혼한 지 삼 년 만에 아들 다케루가 태어났고, 육아휴직 후 원래 부서로 복귀할 수 있었다.

"하루카는 좋겠다. 남편은 친정에서 같이 살고 다니는 회사도 이해심이 많은 곳이라서. 정말 이상적이야."

친구들에게 종종 그런 말을 들었다. 엄마는 물론 남편도 회사에서 돌아오면 집안일을 했다. 늦게 퇴근한 날 부랴부랴 집으로 돌아가면 하루카의 식사가 차려져 있고, 부엌에서는 다케루를 등에 업은 엄마와 남편이 나란히 서서 설거지를 하고 있을 때도 있었다. 엄마는 하루카에게 몇 번이나 말했다.

"너 정말 결혼 잘했어. 어디 가서 이런 남자를 찾겠니."

쉬는 날에는 가족 넷이서 자주 놀러 다녔고, 다케루도 크게 아픈 곳 없이 건강하게 자라주었다. 초등학교 때부터 성적이 좋아서 하루카와 남편은 아들의 장래를 기대했지만, 중학교에 입학하자마자 다케루는 서서히 이상해졌다. 복장이 불량해지거나 성적이 떨어진 건 아니었다. 다만 할머니와는 달리 부모와는 거의 대화를 하지 않았다. 어릴 때는 천진난만하게 "엄마, 아빠!" 하고 해맑은 얼굴로 달려와 안기곤 했는데, 이제는 말을 걸어도 눈도 마주치지 않고 대답도 하지 않는다. 걱정스러운 마음에 담임 선생님을 찾아가 물었지만 별다른 대답을 듣지 못했다.

"학교에서는 아무런 문제가 없고 다른 아이들과도 즐겁게 잘 지내요. 지금이 한창 그럴 시기잖아요? 다케루는 걱정할 일이 없을 겁니다."

하루카도 반항기는 있었지만 옛날과는 상황이 달랐다.

"반항기는 있는 게 당연해. 오히려 없는 게 이상하지. 당신이 자식을 품안에서 못 놓는 거 아냐?"

결국 남편에게 의논했다가 이런 말을 들으니, 부모한테 어리광 부리던 천진난만한 모습을 성장하는 아들에게 언제까지고 바랄 수 없는 일이지 싶어 하루카는 반성하는 마음을 가졌다.

"아이 생각만 하지 말고 다른 취미를 가져보는 게 어때?"

남편은 변함없이 아침 일찍 일어나 집 근처의 넓은 공원을 두 바퀴씩 도는 게 하루 일과였다.

고등학교 입시 때도 다케루가 거의 말을 하지 않아 하루카는 속이 탔다. 부모 면담에서도 담임 선생님의 말에는 대답했지만 하루카에겐 아무런 말이 없었다. 바로 옆에 앉아서도 담임을 통해서만 아들의 의사를 확인할 수 있다는 사실에 하루카는 신경이 곤두섰다.

회사에서 돌아와보면 다케루는 자기 방에 틀어박혀 얼굴을 보이지 않았다. 조리대 위에는 할머니 몫까지 만들어 식사를 끝낸 접시가 깨끗하게 씻겨 엎어져 있었다. 초등학교 고학년 때부터 요리를 할 수 있도록 가르친 터라 다케루는 자기가 먹고 싶은 음식을 직접 만들고 설거지까지 해놓는 습관이 있었다. 최근 들어 무릎 상태가 나빠져 요리하는 게 힘들어진 할머니 몫까지 가끔씩 다케루가 만들곤 했다. 훌륭한 아들이라며 친구들은 칭찬했지만, 실제로는 그런 아들과 대화도 없고 자신이 할 수 있는 것도 없다는 사실에 부모로서 무력감은 커져만 갔다.

"가끔은 밖에 나와서 이야기라도 좀 하는 게 어때? 엄마 아빠랑 거의 말도 안 하잖아. 그건 좀 이상하지 않니?"

방문 너머로 말을 걸어도 다케루는 대답이 없다. 방에서 이어폰을 끼고 텔레비전을 보고 있던 엄마가 장지문을 열고 말했다.

"그냥 내버려둬. 공부하고 있을 거야. 다케루가 만들어준 볶음우동 엄청 맛있었어. 엄마 아빠에게 감사해야 한다고 나도 늘 얘기하고 있으니까 조금만 기다려봐. 친구가 놀러올 때도 있으니 괜찮을 거야."

"아 그래요?"

하루카는 다케루의 방문 앞에서 물러났다. 퇴근하고 온 남편에게 하소연했으나 한소리만 들었다.

"지금 중요한 때니까 괜히 방해하지 마. 자식도 하나의 독립된 인격체잖아. 뭐든 당신 생각대로 되진 않는다는 걸 알아야 해."

쉬는 날이면 남편은 여전히 동호회 사람들과 달리기를 했다. 납득할 수 없는 답답함이 하루카의 마음속에 응어리져 있었다. 집안 남자들이 자신의 마음을 전혀 이해해주지 않는다는 생각에 울적했다.

다케루는 제1지망이었던 공립 고등학교에 순조롭게 입학했다. 하루카는 아들의 합격 소식을 직접 듣지 못했고, 아들로부터 연락을 받은 담임 선생님이 문자를 보내줘서 알았다. 아들은 남편에게도 연락하지 않았다.

"이렇게 중요한 일을 부모에게 알리지도 않다니. 정말 애 어떻게 된 거 아니야?"

합격의 기쁨과 무시당한 서운함을 동시에 느끼며 하루카는 마음이 풀어졌다 화가 났다 했다. 그런 감정을 남편에게도 털어놓았다.

"뭐, 아무렴 어때. 잘됐으니 됐잖아."

집에서 소소하게 연 입학 축하 자리에서도 다케루는 할머니하고만 조금 이야기를 나눌 뿐 엄마와 아빠가 하는 말에는 제대로 대답하지 않았다. 하루카의 화난 눈빛을 눈치챈 남편은 고개를 옆으로 살짝 흔들어 신호를 보냈다. 하루카도 축하 자리를 망치고 싶은 생각은 없었다. 단지 이런 자리에서까지 그런 태도를 보이는 아들에게 너무나 화가 났다.

다케루가 고등학교에 들어가 첫 여름방학이 끝나고 새 학기 무렵의 어느 날 오후, 하루카와 남편은 미뤄두었던 여름휴가가 마침 겹쳐 오랜만에 단둘이 있게 되었다. 엄마는 친구를 따라 가요 콘서트를 보러 시민회관에 가고 없었다. 평소와 달리 아침부터 말이 없는 남편을 보니 여름에 쌓인 피로 때문인가 싶어 하루카는 걱정이 되었다.

"저녁은 뭘로 할까? 당신 좀 피곤해 보이는데."

하루카가 말을 걸자 느닷없이 남편이 눈앞에서 무릎을 꿇고 납작 엎드렸다.

"헤어져줘."

"뭐?"

머릿속에서 '헤어져줘'가 빙글빙글 맴돌았지만 하루카는 대체 그 말이 무슨 뜻인지 되물어 확인할 용기가 없었다.

"여자가 생겼어. 진심으로 좋아해. 부탁할게. 헤어져줘."

하루카는 온몸의 피가 바닥으로 빨려들어가는 것만 같아 소파에 털썩 주저앉았다.

"어떻게? 왜?"

수상한 낌새라든가 여자 냄새라든가, 그런 것들을 전혀 눈치 채지 못했던 둔감한 자신이 한심스러웠다. 남편은 바닥에 꿇어앉아 납작 엎드린 채 아무런 말도 하지 않았다. 하루카는 폭발할 듯 분노가 일기보단 오히려 몸에 힘이 들어가지 않았다.

"어떤 사람인데? 어디서 만났어? 언제부터 그랬던 거야?"

여자와는 달리기를 하다 알게 되었고, 함께 달리다보니 어느새 필요 이상으로 가까워졌다고 했다. 남편보다 열다섯 살 연하에 대기업 안내데스크에서 일하고 있으며, 학생 때는 줄곧 중거리 달리기 선수였다고도 했다. 그런 관계가 된 건 삼 년 전부터.

"정말로 내가 다 잘못했어. 몸만 나갈 테니 용서해줘. 무슨 말을 하든 변명밖에 안 되니까 아무 말 안 할게. 부탁해, 헤어져주라."

그 여자한테 어지간히 빠졌는지 남편은 처음부터 끝까지 납작 엎드려 있기만 했다.

"다케루하고 엄마한테도 제대로 설명하세요."

분하거나 화가 나기보단 그저 남편을 망신 주고 싶은 기분만 끓어올랐다.

그날 밤은 잔뜩 흐렸다. 말이 없고 무뚝뚝한 아들과 좋아하는 가수의 노래에 푹 빠져 있던 엄마를 거실 소파에 앉힌 다음, 남편은 똑같이 바닥에 꿇어앉아 납작 엎드렸다.

"미안합니다. 아버지로서, 사위로서 해서는 안 될 일을 해버렸습니다. 하루카와 헤어지려고 합니다."

다케루는 순간 흠칫하며 눈썹과 온몸을 바르르 떨었으나 금방 평소와 똑같은 표정으로 돌아왔다.

"왜? 하루카가 뭘 잘못했나? 기가 좀 세긴 해도 그렇게 지독한 애는 아닌데."

몹시 놀란 엄마는 사위에게 호소했다.

"네, 물론이죠."

남편은 바닥에 납작 엎드린 채 대답했다.

"어떻게, 원래대로 돌아갈 수는 없는 건가?"

엄마는 어찌할 줄 몰라하며 쩔쩔맸다. 그러자 다케루가 벌떡 일어나 자기 방문을 열고는 엎드려 있는 남편에게 거칠게 내뱉었다.

"마음대로 하세요. 그리고 당장 여기서 나가요!"

"뭐? 다케루, 어떻게 그런 말을……"

엄마는 이미 눈물을 글썽이고 있었다. 하루카가 남편에게 할 말은 아무것도 없었다. 눈앞에 바짝 엎드려 있는 남자가 이제는 전남편이라는 느낌밖에는.

녹색 선이 들어간 이혼신고서는 남편이 벌써 준비해놓았다. 약간 구겨진 걸로 보아 한참 전에 준비해둔 걸 알 수 있어 하루카는 더 부아가 치밀었다. 생일 꽃다발이며 소소하게 초밥이나 케이크를 사왔을 때도 품속 어딘가에 이 종이를 감추고 있었을 거라 생각하니 엉덩이를 한 대 걷어차주고 싶었다. 양육비와 위자료는 무조건 하루카의 의향에 따르기로 하고 남편은 자신의 일상용품만 챙겨서 집을 나갔다.

하루카는 남은 가족들에게 앞으로 다 같이 힘을 모아 열심히 살자고 말했지만 엄마는 계속 울 뿐이었다.

"선뜻 처가에 들어와 같이 살아주고, 아주 좋은 사람이었는데. 이렇게 될 줄이야."

한편, 아들은 변함없이 말이 없고 무표정했다.

하루카는 이혼 증인을 서준 동창 친구에게 간단한 선물을 들고 인사하러 갔다.

"회사 사람한테 들었는데, 그런 일이 자주 있는 모양인가봐, 마라톤 불륜이란 거."

친구는 회사에서 들었다는 이야기를 해주었다. 달리기를 오래 하다보면 마라톤 대회에도 출전하고 싶어져 쉬는 날에는 지방까지 가는 사람도 많다고 한다. 이런저런 대회에 나가 이성과 낯을 익히면서 그때 자기 몸을 통제하지 못하고 대회를 핑계삼아 불륜 상대를 만나는 것이다.

"운동을 한다고 해서 정신도 건전하다고 볼 수 없나봐. 뭐, 남자 입장에서 건전하다는 게 어느 쪽을 말하는지가 문제겠지만."

친구는 맛있는 커피를 내려주더니 밝게 웃으며 말했다.

"다케루도 이제 고등학생이지? 집에 남자도 있겠다. 생활에 특별히 어려움이 있는 것도 아니고. 속시원하지 뭐. 그냥 어린 여자애한테 줘버렸다고 생각해."

"그러게, 그러네."

하루카는 몇 번이나 고개를 끄덕였다. 젊은 여자와 비교당한 것 같아 자존심 상했던 기분도 점점 나아졌다.

집안에 큰 변화가 생겼으니 다케루의 태도가 바뀌지는 않을까 내심 기대했지만 그렇게 되지는 않았다. 아무리 머리로는 알아도 하루카는 무심코 학교에서 무슨 일이 있었는지 이것저것 묻게 된다. 그래도 지금까지는 무시만 하는 정도였는데 최근 들어 다케루는 진짜로 시끄럽다는 듯 말을 함부로 했다.

"되게 시끄럽네."

아들이 다시 입을 열었다 하더라도 이런 대화는 달갑지 않았다. 하루카는 엄마로서 생각하는 바를 한 번쯤은 말해둬야겠다는 마음이 들었다.

"이 집에서 남자는 너 혼자니까 앞으로 정신 바짝 차려야 돼."

그러자 다케루는 상스러운 말을 내뱉었다.

"시끄러워, 짜증나는 할망구야."

하루카가 놀라 당황한 사이 다케루는 방으로 들어가 쾅 하고 문을 닫아버렸다.

"하루카, 너무 그렇게 잔소리하지 마. 한창 마음이 복잡할 나이잖아."

엄마는 또 눈물이다. 등뒤에서 흐느끼는 소리가 들렸다.

'네가 보기엔 할망구일지 몰라도 짜증이 난다니, 내가 왜 그런 말을 들어야 하는 거야?'

하루카는 주먹을 꼭 쥐었다. 그후로는 가능한 한 아들의 행동을 체크하면서도 최소로 필요한 일을 제외하고는 더이상 말을 걸지 않기로 했다. 친구랑 아르바이트를 시작했다거나 풋살 연습을 한다거나 하는 이야기는 전부 엄마를 통해서 알았다.

풀타임 근무를 하는 하루카에게 엄마는 아들과 자신을 이어주는 중요한 정보원이었다. 그런 엄마의 상태에 변화가 생긴 건 이혼하고 딱 일 년이 지났을 무렵이었다. 엄마는 점점 표정이 없어지더니 뭘 물어도 "으음"이라고만 할 뿐 반응이 둔해졌다. 하루카가 퇴근하고 돌아와 "다케루가 오늘은 무슨 얘기를 했어?" 하고 물어도 마찬가지로 "으음"밖에 안 한다. 그러고는 엄마의 사촌형제 이름을 부르며 방 한구석을 가리킨다.

"어? 지로."

"엄마, 왜 그래? 아무도 없는데. 뭘 잘못 봤나? 전기스탠드?"

하루카는 불길한 예감이 들었다. 그후로 엄마는 자신을 아이라고 하지 않나, 돈 계산을 못하지 않나, 심지어 아무도 없는 곳에 말을 걸기도 했다. 그러한 행동들이 거듭되자 하루카는 엄마를 모시고 병원에 갔다. 나이도 여든을 넘긴 터라 속으로는 이미 각오를 했지만 그래도 결국 올 것이 왔구나 싶어 한숨을 내쉴 수밖에 없었다. 진찰 결과, 역시나 엄마에게는 치매 증상이 있었고, 기억을 잃는 것보다 환각과 환청이 나타나는 유형이었다. 하루카는 슬펐지만 우선은 케이스워커와 상담해 평일에 매일 다닐 수 있는 주간보호센터를 찾아 엄마가 낮 동안 있을 장소를 확보했다. 무릎이 아프다 하지만 엄마는 아직 자신의 다리로 걸을 수 있었다. 그러면 화기를 부주의하게 다루는 일이 제일 무섭기 때문에 하루카는 가스레인지를 전기레인지로 바꾸고 항상 잠금 상태로 해두었다.

이곳 주간보호센터에 다니려면 가족이 배웅과 마중을 해야 했기에 하루카는 회사에 신청해 출근시간을 약간 늦췄고, 엄마가 돌아올 시간대에 잠깐 나갔다 올 수 있도록 협상했다.

"할머니가 아프시니 다케루도 도와드려."

아들에게도 이야기했지만 역시나 대답은 없었다.

엄마는 아무런 불평 없이 센터 차량을 타고 다녔으나 두 달쯤 지났을 때 차량 직원이 이런 말을 했다.

"후지에 씨가 다른 분들과 잘 어울리지 못하시는 것 같아요."

하루카는 원래 사교적인 엄마가 남들과 어울리지 못하는 모습을 상상할 수 없었다. 이야기를 들어보니, 주위 사람들에게 온갖 욕설을 퍼붓는 바람에 사람들이 엄마를 일부러 피한다고 했다.

"멍청한 놈이라느니 저리 꺼지라느니, 그런 말씀을 하셔서 다른 분들이⋯⋯"

하루카는 기가 막혔다.

"워낙 증상이 다양한 분들이 오시는 곳이라 어쩔 수 없지만요. 적응하시면 좀 나아지실지도 모르죠."

"폐를 끼쳐 정말 죄송합니다."

하루카는 고개를 숙일 수밖에 없었다.

쉬는 날, 집에서 엄마는 무표정하게 텔레비전만 보고 있었다. 하루카는 청소기로 바닥을 밀며 고민에 빠졌다.

'아들도 무표정, 엄마도 무표정. 입만 열면 폭언. 대체 어떻게 해야 좋을까.'

다케루는 이 상황을 아는지 모르는지 무표정한 얼굴로 하루카의 눈앞을 스쳐지나갔다. 주변에 좋은 일이라곤 전혀 안 생기는 것만 같아 하루카는 침울해졌고, 결국은 이혼하고 모든 운이 뚝 떨어졌다는 데까지 생각이 미쳤다.

"그 자식 때문이야."

전남편 쓰요시에 대한 증오가 부글부글 끓어올랐다.

"그 자식한테 들러붙었던 역귀를 이 집에 두고 갔기 때문이야."

치매 걸린 어머니와 반항기인 아들 사이에서 날마다 마음을 졸이는 자신과는 반대로, 언제 결혼할지는 몰라도 태평하게 젊은 여자와 달리기나 하고 있을 쓰요시의 모습을 상상하니 속이 뒤집혔다.

"뭐야! 자기만 속 편하게! 웃기지 말라고."

하루카는 세면대 앞에 서서 빨아야 할 수건을 세탁기 안으로 내던졌다. 저 잘되라고 해버릇하게 했더니 이제 다케루는 모든 일을 스스로 할 수 있어서 하루카를 의지하지 않는다. 부모 노릇이라곤 학비를 내주는 일뿐이다. 물론 할머니가 저렇게 돼서 다케루도 놀랐을지 모른다. 고등학교 입시, 부모의 이혼, 할머니의 치매가 연달아 일어나 분명 혼란스러울 것이다. 아들의 태도를 생각하면, 왜 그러는지 묻고 싶은 마음과 부모로서 그렇게 만들어버린 한심함이 뒤섞여 머릿속이 복잡했다.

하루카가 회사에서 나와 집으로 돌아가 현관문을 열자 아무도 없었다. 엄마는 오후 네시에서 다섯시 사이에 돌아오고, 다케루가 귀가하기에는 조금 이른 시간대다. 하루카는 집 앞에서 기다리다 센터 차량에서 내린 엄마를 부축해 집안으로 데리고 왔다. 센터에서 목욕을 시켜줘 엄마한테서 상쾌한 비누향이 났다.

"여기 도시락 있으니까 드세요. 조금 있으면 다케루도 올 거야."

엄마의 대답은 있을 때도 있고 없을 때도 있다. 하루카와 하는 대화도 점점 줄어들면서 아무 말이 없을 때가 많아졌다. 하지만 그날은 도시락을 무릎 위에 올리더니 엄마가 말을 걸었다.

"앗, 아주머니. 지난번에 과자 고마웠어요."

그러면서 갑자기 일어나는 바람에 엄마는 도시락을 바닥에 떨어뜨렸다. 놀란 하루카가 다가갔지만 딸의 모습은 눈에 안 들어오는지 엄마는 복도 안쪽으로 걸어가 누군가에게 즐겁게 말을 걸었다. 물론 그곳엔 아무도 없었다. 하루카는 바닥에 떨어진 밥과 반찬을 치운 다음, 냉동해둔 영양밥을 전자레인지로 데우고 급하게 냉장고에 있는 것들로 일단 엄마의 저녁밥을 다시 차렸다.

"엄마, 여기 저녁밥 있으니까 드세요."

"어머 언제 왔니?"

엄마는 놀라서 빙그르르 돌아보았다.

"방금요. 식탁 위에 저녁밥 차려놨으니까 드세요."

엄마는 말없이 방으로 들어갔다. 하루카는 전기레인지를 잠그고 집을 나왔다. 앞으로 어떤 일이 벌어질지 전혀 짐작이 가질 않았다.

밤에 회사에서 돌아와 식탁을 보니, 엄마는 영양밥과 두부튀김을 조금 먹고 급하게 만든 채소볶음에는 손을 대지 않은 듯했다. 엄마가 남긴 밥과 반찬을 다시 데워서 먹고 있는데 다케루가 목욕을 마치고 나왔다. 자신을 힐끗 보면서도 아무런 말이 없는 그 모습에 순간 부아가 난 하루카는 비아냥거리고 말았다.

"'다녀오셨어요' 정도 말한다고 무슨 천벌이라도 받는다니?"

"시끄러워, 짜증나는 할망구야."

다케루는 낮은 목소리로 내뱉듯 대꾸했다. 하루카가 젓가락을 쥔 채 노려보자 다케루는 눈도 마주치지 않고 짜증난다는 듯 방문을 닫았다.

"짜증나는 할망구? 할망구는 그렇다 쳐도 짜증나는 건 아니지!"

하루카는 더이상 속으로만 분을 삭일 수 없어 **최대한 화를** 눌러담아 아들의 닫힌 방문을 향해 내뱉었다.

"하지 마. 내 인형 가져가면 안 돼."

그때 엄마의 외침이 들렸다. 방문을 열자 엄마는 다다미 바닥 위에 반듯이 누워 팔다리를 파닥거리고 있었다.

"무슨 일이에요?"

"내 인형을 가져갔어."

"응? 누가?"

"쓰네코가. 걔는 항상 내 물건을 훔쳐간단 말이야."

하루카는 엄마를 일으켜 앉힌 뒤 등을 계속 쓰다듬어주었다. 하지만 엄마는 딸의 손을 뿌리치고 필사적으로 장롱 서랍을 뒤지기 시작했다. 바닥 위에 여기저기 속옷이 널브러졌다.

"내 인형, 내 인형."

엄마의 뒷모습에서 살기가 느껴졌다. 무슨 말을 해도 안 되겠다 싶어 하루카는 그저 멍하니 엄마의 등을 바라만 보았다. 서랍 안의 물건을 죄다 바닥 위에 쏟아부은 엄마는 "없어, 없어" 하며 한동안 중얼거리더니 얼마 안 있어 멍하니 넋을 놓았다.

"거봐, 벌써 잘 시간이 지났는데. 오늘은 이만 주무세요."

엄마는 순순히 이불 속으로 들어갔다. 하루카는 널브러진 속옷들을 서랍 안에 도로 넣은 다음 불을 껐다.

"안녕히 주무세요."

어떤 날은 "진주 목걸이가 없어졌어! 네가 훔쳐갔지? 돌려줘!" 하며 하루카를 노려볼 때도 있고, "오늘은 다카오 삼촌이랑 조개 캐러 갈 거야" 하며 즐거운 얼굴로 손가방에 수건을 담을 때도 있다. 그런 증상은 밤이고 낮이고 아무때나 나타났기 때문에 하루카는 한시도 마음을 놓을 수 없었다.

"이번엔 내가 술래야."

하루는 잠이 막 들려는데 큰 소리가 나더니 엄마가 온 집안을 뛰어다녔다.

"지금은 밤이라 다들 자고 있으니 술래잡기는 낮에 할까요?"

하루카는 무거운 몸을 일으켜 엄마를 달래 방으로 데려갔다. 순순히 수긍할 때도 있지만 그날 밤은 몸을 비비 꼬며 싫어했다.

가끔은 "하루카, 일하느라 많이 힘들지?" 하며 엄마가 말을 건넬 때도 있다. 혹시 증상이 호전된 건가 싶어 마음이 설레는 것도 잠시, 엄마는 그날 밤 다시 아무도 없는 곳을 향해 "지로야, 이리 와" 하고 말하기 시작한다. 그저 모든 걸 엄마를 중심으로 하루카가 거기에 맞춰 대응하는 수밖에 없었다. 처음엔 엄마가 하는 말마다 놀라서 일일이 부정했지만, 자신은 안 보여도 엄마에게는 보이는 무언가가 있다고 생각하고 장단을 맞춰주기로 했다. 엄마가 간신히 진정되어 방으로 들어간 뒤 다케루의 방을 힐끗 쳐다보았더니 문이 살짝 열려 있었다. 웬일인가 싶어 다시 한번 쳐다보니 문은 닫혀 있었다.

다음날 아침 여섯시에 눈이 떠진 하루카는 늘 그렇듯 수면부족 상태로 커피를 내렸다. 이혼과 엄마의 치매를 겪은 이후로 점점 진하고 쓴 커피를 즐겨 마신다는 생각이 들었다. 커피향으로 조금이나마 기분전환을 하며 테이블 위에 컵을 놓자 다케루의 방문이 열렸다. 어차피 여기 앉아 있어도 무시당할 게 뻔해서 하루카는 창밖 너머 마당의 나무를 바라보았다. 잠옷 대신 운동복 차림의 다케루가 말없이 커피를 내리기 시작했다.

"잘 잤니?"

하루카는 아침인사만 건넸다. 다케루도 커피를 마시고 싶다고 했으면 같이 내렸을 텐데, 하는 생각을 하며 컵을 들고 다시 마당을 바라보았다.

"다로가 올 거야, 다로가 온대."

장지문이 열리며 엄마가 나왔다. 무슨 일인지 몹시 서두르는 모습이다.

"왜 그래요?"

하루카가 물었지만 엄마는 대꾸도 없이 신발장에서 신발을 꺼내려 한다.

"다로가 오는데, 늦게 생겼네."

마음대로 밖에 나가면 위험하기 때문에 엄마가 아픈 후로는 현관에 신발을 두지 않았다.

"다로가 어디로 오는데요?"

"절에 온다고 했어. 다 같이 놀 거야."

엄마의 목소리가 들떠 있었다. 다로는 지로의 형인데, 어릴 때 자주 같이 놀았던 모양이다. 하루카가 신발을 못 꺼내게 하자 불쑥 다케루가 다가왔다.

"그럼, 절에 같이 갈까요?"

그러더니 자신의 샌들과 할머니의 신발을 꺼냈다. 하루카가 놀라서 다케루의 얼굴을 쳐다보았지만 눈을 마주치려 하지는 않는다. 엄마는 서둘러 신발을 신고 '빨리빨리' 하며 다케루를 보챘다. 엄마의 눈에 다케루는 손자로 보일까? 아니면 친절한 청년으로 보일까?

마침내 엄마는 다케루와 손을 잡고 집을 나섰다. 집안 광경이 아닌 다른 장면을 보고 싶어 텔레비전을 켰더니 각지의 화젯거리를 소개하고 있었다. 근교 도시에서는 첫 마라톤 대회가 열린다고 한다. 하루카가 별생각 없이 보고 있는데 러닝웨어를 입은 참가자들 가운데 낯익은 남자가 보였다.

"앗."

분명히 전남편이었다. 머리를 갈색으로 염색한 그는 예전보다 확실히 젊어 보였다. 하루카는 얼떨결에 화면 앞으로 다가갔다. 전남편은 리포터의 질문을 받아 마라톤 대회에 참가한 각오를 밝히는 인터뷰까지 하고 있었다. 옆에는 핑크색 러닝웨어를 입은 젊고 예쁜 여자가 찰싹 달라붙어 있었다. 헤벌쭉 웃으며 대답하는 전남편의 모습을 보니, 그가 이렇게 경망스러운 남자였나 싶어 어이가 없었다.

"젊고 아름다운 부인과 함께 마라톤을 하시다니 그저 부러울 뿐입니다."

리포터의 말에 전남편은 옆에 있는 여자와 눈을 마주치며 싱글벙글 웃고 있었다. 하루카는 머릿속이 새하얘졌다. 자신은 이렇게 힘든 일을 겪고 있는데, 저 자식은 불륜 상대로 만나 결혼까지 한 미인과 지금부터 도로를 달리며 길가를 메운 군중들에게 "힘내세요!" 하는 성원까지 받으리라. 하루카는 리모컨 스위치를 있는 힘껏 눌러 텔레비전을 껐다.

왜 하필이면 지금 저런 걸 봤을까 후회에 빠진 사이, 집에서 나간 지 십 분쯤 지나 두 사람이 손을 잡고 돌아왔다. 텔레비전에서 본 것에 대해서는 아무 말도 하지 않았다.

"잘 갔다 왔어요? 다로는 만났어요?"

하루카가 말을 걸어도 엄마는 무표정으로 말없이 방에 들어가버렸다.

"한동안 걷더니 갑자기 돌아가겠다고 하셨어. 다로는 안 만날 거냐고 물어도 대답은 안 하고 계속 집에 가겠다는 말만 하셨어."

다케루가 설명해주었다. 아들과 몇 년 만에 하는 제대로 된 대화였다. 짜증나는 할망구라는 말을 내뱉기도 했지만, 다케루에게는 엄마를 이해하고 할머니를 위로하는 마음이 있었을지도 모른다. 괜히 또 이런저런 말을 했다가 미움을 사면 곤란하니 하루카는 "고마워. 큰 도움이 됐어"라고만 했다. 다케루도 말없이 커피를 들고 방으로 들어갔다. 하루카는 마음이 어렴풋이 녹아내리기 시작했다. 엄마의 상태는 호전되지 않을지도 모르지만 셋이서 서로 도와가며 앞으로 잘 지내겠노라고, 하루카는 전남편의 경망스러운 모습을 떠올리며 조금은 당당하게 가슴을 폈다.

아버지,
왜 왔다갔다해요?

아키는 부모님이 마흔두 살에 낳은 자식이었다. 그리고 이 년 후 여동생 나쓰키가 태어났다. 동갑내기인 부모님은 스물한 살에 결혼한 후 이십 년 동안 아이가 생기지 않아 유기견이나 분양받은 개들을 자식처럼 귀여워하며 키웠다. 그러던 중 짠 하고 아키가 생겼다. 아키와 나쓰키는 부모님이 늦은 나이에 자신들을 낳았으니 남들보다 더 일찍 부모를 보살펴야 할 거라고 예상하고 있었다. 그런데 몸이 약해 병치레가 잦았던 어머니가 예순여섯의 나이로 돌아가셨다. 곧바로 노견인 사스케마저 죽자 씩씩했던 아버지도 낙심이 컸다. 그러나 목공 견습생으로 일을 시작해 지금까지 직원 다섯을 둔 작은 건축회사를 경영하는 아버지를 보면, 간병이라는 건 현실적으로 아직 자신들과는 관계없는 말이라고 생각했다.

　그런데 요즘 들어 아버지의 상태가 좀 이상하다며 동생 나쓰키에게서 자주 전화가 왔다. 라인으로도 연락할 수 있는데 굳이 전화를 한다는 건 자신의 감정을 말로 토해내고 싶어서다.

　"언니, 진짜 큰일이야."

　이 말로 시작해 "또 일 저질렀어" "몇 번을 말해도 몰라" "너무 힘들어"가 번갈아 등장한다. 일 년 전, 아키가 결혼해서 떠난 후 그 집에서 나쓰키는 아버지와 둘이 살게 되었다. 낮에는 직원들이 오가기도 하지만 생활은 둘이서만 하고 있다.

　"응, 알았어. 내일 갈게."

　아키는 동생의 숨통을 틔워줘야겠다는 생각에 두 사람이 좋아하는 장어를 사서 퇴근길에 들렀다.

　"저 왔어요."

　나쓰키가 문을 열자 그 뒤에 아버지가 서 있었다. 원래는 몸이 단단한 분이었는데 최근 들어 근육이 빠지기 시작해 마치 막대기에 체크무늬 셔츠를 입혀놓은 것처럼 보였다.

　"아버지, 저 누군지 아시겠어요?"

　아키가 시험삼아 물어보았다.

　"무슨 소리를 하는 거야, 놀리지 마. 나 아직 치매 안 걸렸다."

　아버지는 살짝 역정을 내더니 나쓰키에게 말했다.

"언니한테 사이다라도 좀 내주거라."

"언니라는 건 알지만 이름은 모르시죠?"

"또 사람 무시한다. 내가 나이는 팔십이지만 머리는 아직 말짱하다고. 너는 동생 나쓰키, 언니는 아키. 저세상 간 너희들 엄마는 미쓰요. 어때, 다 맞지?"

아버지가 양손을 허리에 대고 가슴을 쫙 폈다. 두 딸과 죽은 아내의 이름, 그리고 자신의 나이도 틀리지 않았으니 자식 입장에선 안도할 만한 부분이긴 했다. 하지만 날마다 문제를 일으키면서도 자신은 치매가 아니라고 확신하는 아버지를 보면 자매는 당황스러웠다.

초등학생 때 아키는 나이든 부모님이 창피했다. 자매를 각별히 아꼈던 아버지는 학교 참관수업이 있을 때면 굳이 안 와도 되는데 적극적으로 참석하곤 했다. 나서기도 좋아하는 성격이라, 아키가 살며시 뒤를 돌아보면 싱글벙글 웃으며 손을 흔들어댔다. 물론 아키는 손을 흔들지도 않고 무표정으로 일관했다.

선생님이 산수 문제를 칠판에 적고 "이 문제, 아는 사람?" 하자마자 "저요!" 하고 등뒤에서 분명한 아버지의 목소리가 들려온 순간, 아키는 자신의 인생이 끝났다고 생각했다. 모두가 놀라 뒤를 돌아보자 아버지는 만면에 미소를 띤 채 당당하게 손을 들고 있었다. 주변 학부모들은 고개를 숙이고 필사적으로 웃음을 참았다.

"아, 저, 아버님은 답 안 하셔도 괜찮습니다. 학생들에게 질문한 거라서요."

그 순간 교실 안에 웃음소리가 폭발했다.

"끝났어……"

아키는 다시 한번 중얼거리며 책상 위에 엎드렸다.

"아아, 그렇군요. 제가 실례를 했습니다. 열심히 보다보니 대답해야겠다는 착각이 들어서요."

'두 번 다시 오지 마요.'

쓴웃음을 지으며 머리를 긁적이는 아버지의 목소리를 들으며 아키는 넋이 나갔다.

"아키네 아버지 재밌으시더라!"

아키는 반 친구들에게 놀림을 당할 거라 생각했지만 그래도 위로가 됐다. 큰딸의 참관수업에서 배운 게 있었는지 나쓰키에게는 그런 기억이 없다. 다만 수업중에 중요한 부분에 접어들면 꼭 등뒤에서 "오호 그렇구나, 역시" 하며 감탄하는 아버지의 목소리가 들려 몹시 싫기는 했다.

딸들의 진학 얘기가 나왔을 때는 노령의 시바견 사스케를 무릎 위에 올리고 웃으면서 이렇게 말했다.

"어디든 너희가 마음에 드는 학교로 가. 그 어디더라, 케임브

리지라든가 하버드라든가 그런 데도 좋지."

사춘기의 딸들은 그런 아버지와의 대화가 재밌을 리 없었으니 "아 네, 네" 하며 대충 대답하고 말았다. 그럼에도 집에서 아버지는 항상 즐거워 보였고 직원들에게도 존경받는 분이었다.

원래도 성실한 분이었지만 어머니가 돌아가시고부터 아버지는 요리에 정성을 쏟았다. 엄마가 쓰던 꽃무늬 앞치마를 두르고, 부탁도 안 했는데 회사에 가는 딸들을 위해 여러 반찬을 챙겨넣어 호화로운 도시락을 싸주었다.

"어때, 제법이지?"

자랑스럽게 뽐내는 아버지에게 아키가 말했다.

"외근 나갈 때도 있어서, 가져가봐야 못 먹으니 안 싸줘도 돼요." 그러자 아버지는 씩씩거렸다.

"도시락도 못 먹는 회사라니 뭐 그런 데가 있어? 내가 상사한테 한마디해야겠다."

"알았어요, 가져갈게요. 고마워요."

아키가 급하게 도시락을 가방에 넣자, "그럼 나도" 하며 나쓰키도 도시락을 챙겼다. 아버지는 만족스러운 듯 미소를 띠며 "남기면 안 된다" 하고 딸들을 배웅했다. 지금은 아버지의 첫번째 제자로 올해 쉰 살인 사토루 씨에게 현장 일을 맡기고 있다. 아버지는 가끔씩 나가 현장 분위기를 북돋아주거나 회사 내 공장에서 젊은 직원들을 지도하는 일을 주로 한다. 조립뿐만 아니라 기본 도구들을 정확히 다룰 줄 알아야 한다고 아버지는 입버릇처럼 말했다.

일 년 전 아키가 결혼해서 집을 떠날 때만 해도 아버지에게 문제가 될 만한 행동은 보이지 않았다. 아키 부부는 남편 겐지가 분양받아 지내던 아파트에서 살기로 했다. 아버지는 그곳으로 한달음에 찾아와 여기 작업이 어설프네, 여기도 마무리를 대충 했네, 하며 프로의 눈으로 깐깐하게 확인했다.

"아…… 그렇군요."

"뭐 그래도 신혼부부니까 매일 즐겁게 지낼 수 있을 거야."

사위가 의기소침해진 걸 눈치채고 아버지는 곧장 격려를 했지만, 아키는 병 주고 약 주는 것도 아니고 뭔가 싶어 어이가 없었다. 하지만 남편은 그런 아버지를 좋게 말해주었다.

"아버님은 한결같이 솔직하셔서 좋아."

아키가 집을 떠나고 아버지와 둘이 살게 된 나쓰키는 대학을 졸업하고 삼 년간 회사를 다녔다. 그러다 생각한 바가 있었는지 경리 업무를 배우더니 다니던 곳을 그만두고 아버지 회사 일을 돕기 시작했다. 아무런 의논이 없었던 터라, 나쓰키가 회사를 그만뒀다고 들었을 때 아키는 크게 놀랐지만 아버지는 꽤 좋으셨던 모양이다. 나쓰키와 비교하면 자신은 부모에게 아무것도 해드릴 수 없구나, 반성했던 것도 사실이다. 어느 날 아키가 그런 마음을 표현했더니 아버지는 웃으며 말했다.

"마흔 넘어서까지 자식이 안 생겨 포기하고 있던 우리한테 태어나준 것만으로 넌 이미 큰 효도를 했어."

아버지의 행동에 변화가 생겼음을 제일 처음 알아차린 건 사토루 씨의 이야기를 듣고서였다.

"느닷없이 현장에 방문하셔서 같은 말을 몇 번이나 하셔. 여기가 이상하니 다시 하라고 주의를 주고, 다시 현장을 한 바퀴 둘러보시곤 또 똑같은 말씀. 그걸 대여섯 번이나 반복하시는 거야."

깔끔한 성격의 아버지가 그랬을 거라고 상상할 수 없었지만 나쓰키가 주의를 주었다.

"갑자기 현장에 가서 집요하게 불만을 늘어놓기 시작하면 일이 진척되지 않잖아요."

그러나 아버지는 "그런 적 없어"라고만 일관했다.

나쓰키에게 이야기를 듣고 난 아키는 결국 한숨을 쉬었다.

"드디어 올 게 왔나봐."

"저렇게 건강하신데?"

"겉모습은 건강해 보여도 머릿속은 알 수 없는 거니까."

아키는 아버지를 병원에 모시고 가야 할지 어떻게 해야 할지 고민했다. 병은 근성으로 낫는 거라며 병원을 몹시 싫어하는 아버지를 그 앞까지 모시고 가더라도 진찰을 받지 않을 거라는 건 가기 전부터 알고 있었다. 간병 지원 전문가를 집으로 오게 해 상태를 진단받는 방법도 있지만, 모르는 사람이 건축 일 외에 이 것저것 물으면 결국 "당신들 뭐하러 왔소?" 하고 호통칠 아버지의 모습이 눈에 선했다. 나쓰키의 이야기로 보면, 현장에서의 이상한 행동은 그렇다 쳐도 일상생활에는 그 정도로 지장이 없는 듯해 아키는 좀더 상황을 지켜보기로 했다. 그러면서 한편으로는 치매라면 가능한 한 일찍 전문가의 조언을 받는 게 좋다는 이야기를 듣고 마음이 계속 흔들렸다.

아버지도 아직은 스스로 건강하다고 생각하는데, 그런 와중에 자신이 치매라는 사실을 안다면 큰 충격을 받을 수도 있었다. 그래서 오히려 실의에 빠지고 급격히 늙어버리면 그게 더 문제이지 않을까 아키는 생각했다. 남편도 아키의 의견에 찬성했다. 보통은 조금이라도 일찍 대처하는 게 좋겠지만 아직까진 현역으로 직원들에게 기술 지도도 하고 있으니, 아키는 아버지의 행동이 주위에 영향을 크게 끼치면 그때 다시 생각하고 싶었다. 나쓰키에게도 이런 생각을 전하고, 사토루 씨에게도 부탁해두었다.

"조금이라도 문제가 있으면 알려주세요."

"사장님이 갑자기 왜 그러시지."

마음씨 고운 사토루 씨가 슬퍼하는 얼굴을 보고서도 괜찮다는 말을 할 수 없는 자매 역시 마음이 아팠다.

아키는 아버지의 상태가 마음에 걸렸지만 나쓰키에게서 전화가 오지는 않아 현상 유지 상태로 그럭저럭 지내시는가보다 생각했다. 그렇게 반년쯤 지났을 때 나쓰키가 우울해하며 전화를 걸어왔다. 몇 번이고 현장을 확인하던 횟수가 줄어들어 안심했는데, 이번에는 젊은 직원들을 가르칠 때 똑같은 말을 몇 번이나 한다고 했다. 그것도 확인 차원이 아닌 아예 처음 말하는 사람처럼 말이다. "방금 말씀하셨는데요"라고 할 수도 없어 직원들은 난처한 얼굴로 가만히 듣고만 있다고 한다. 몇 번이고 똑같은 말을 듣는 것도 고역이지만, 배우는 내용에도 전혀 발전이 없으니 곤란한 법이었다.

"사장님이 또 이상해요."

사토루 씨의 말을 듣고 온 나쓰키가 현장 한구석에 서서 아버지의 상태를 살피다 끼어들었다. "아버지, 다음으로 넘어가는 게 좋지 않을까요? 그건 다들 알 것 같은데."

"음, 그런가. 다들 알았나? 그럼, 다음."

아버지는 다른 대패를 꺼냈다. 손에 든 도구를 착각하지 않은 게 천만다행이었다.

"직원들을 지도하는 아버지를 옆에서 지도할 사람이 없으면 안 된다니까. 나도 일이 있으니 계속 아버지만 보고 있을 순 없고."

나쓰키는 그렇게 말하고 입을 다물었다.

"음, 이제 다음 단계로 들어간 걸까."

"그런 것 같아. 이러다 갑자기 눈사태처럼 와르르 무너져버리면 어쩌지."

"연세도 연세인지라 어쩔 수 없지."

"그래도 그렇게 건강하셨는데."

"자꾸 과거만 돌이켜봤자 별 수 없잖아. 이런 말 하긴 좀 그렇지만, 동네에 아버지랑 동갑인 분들 중에는 상태가 더 나쁜 경우도 있는 모양이야."

"그건 그렇지만."

"아버진 아직 일도 하시잖아."

"그것도 이제 못하실 것 같으니 하는 말이야."

"상태가 심해지면 그때 제대로 검사를 받는 게 좋을 것 같아."

"응, 그러게."

나쓰키는 옛날부터 걱정이 많은 성격이었다. 가족 입장에서 원치 않는 결과를 알고 싶지 않다는 이유로 제삼자에게 진단을 받지 않는 건 잘못된 일이고, 나온 결과에 따라 제대로 대응해야 한다는 건 아키도 잘 알았다. 그런데 그 타이밍이 관건이다. 아버지에게 약간 문제가 있긴 하지만 지금 움직이는 건 이르다는 기분이 들었다. 나쓰키 말로는 문제되는 행동도 안 하고 평범한 대화도 주고받는 정상적인 날들이 있다고 한다. 아버지 상태에 기복이 있어 오락가락할 때면 아키 입장에서도 검사를 의뢰하기가 어려웠다. "이건 어떻게 생각해도 이상해!"라고 확신이 들 때 검사를 받고 싶었다.

그후로 나쓰키에게서 전화가 올 때면 "혹시⋯⋯" 하는 마음에 아키는 가슴이 철렁했다. 아니나 다를까 매번 유감스럽게도 좋은 이야기는 없었다.

"어? 내가 아침밥을 먹었나⋯⋯ 아참, 먹었지 먹었어. 아하하."

아침식사를 했는데도 아버지는 머리를 긁적이며 나쓰키를 순간 당황스럽게 했다. 그러고는 아홉시도 안 됐는데 갑자기 현장에 다녀오겠다고 해서 나쓰키가 사토루 씨에게 연락해 잘 지켜봐달라고 부탁했다. 아버지는 "어이!" 하고 기분좋게 현장에 나타나 일을 확인한 후 "그럼!" 하고 돌아갔다.

"아아, 오늘은 괜찮으시구나."

그런데 사토루 씨가 가슴을 쓸어내리자마자 아버지가 "어이!" 하며 다시 나타났다. 마치 처음 보는 양 현장을 확인한 뒤 "그럼!" 하고 돌아가는 아버지의 모습에 이건 좀 난감하다 싶어 사토루 씨는 당혹스러울 수밖에 없었다. 그로부터 한 시간 후, 아버지는 "어이!" 하고 세번째로 모습을 드러냈다.

아침식사 일은 잠시 헷갈렸어도 결과적으로는 먹었다는 사실을 떠올렸기 때문에, 나쓰키는 다행으로 여기며 그런 사소한 데서 위안을 얻으려 했지만 헛된 생각이었다. 두세 번 현장을 오가는 사이 대체 어디서 무얼 하고 있었느냐고 물어도 아버지는 고개를 갸웃거리기만 할 뿐 대답하지 못했다. 본인이 세 번이나 같은 현장에 얼굴을 비쳤다는 사실을 기억하지 못하기 때문이다. 아버지가 목욕하는 사이 나쓰키가 소지품을 살펴보니 가방 안에서는 봉지에 든 채 반쯤 찌그러진 크림빵 세 개, 지갑 속에서는 그 빵을 산 편의점 영수증과 현장 근처의 찻집 영수증이 나왔다. 시간대가 맞는 걸로 보아 거기서 시간을 보낸 모양이었다. 동전 내기가 귀찮았는지 지갑은 빵빵하게 부풀어 있었다.

"커피는 그렇다 쳐도 스파게티를 곱빼기로 드신 거야. 아침밥도 제대로 드시고 나갔는데. 그리고 집에 돌아와서 점심까지 드셨다니까."

"시장하실 시간도 아니었을 텐데. 왜 그러실까. 거기다 크림빵까지."

"으으음."

아버지와 함께 사는 나쓰키는 끙끙댔다.

"혹시 장난치시는 건 아니겠지?"

아키의 말에 나쓰키는 크게 놀랐다.

"뭐? 장난이라고?"

"모르는 척하고 세 번씩이나 나타나서 사람들을 놀라게 하려고 했다든가……"

"그럴 리가 없잖아."

어이없다는 듯 나쓰키가 중얼거렸다. 아키는 아버지를 검사받게 하는 일에 나름대로 기준을 정해뒀는데 실제로 하셨다는 언행을 들으면 아무래도 동요되었다. 함께 살고 있는 나쓰키는 보다 엄격했다.

"아니, 원래 장난 잘 치시는 분이니까…… 하긴, 그래도 그런 행동은 안 하시겠지."

한동안 자매는 말이 없었다.

"그후로는 어떠셔?"

"아침식사 때는 그랬어도 그뒤로는 밥을 안 먹었다는 말 같은 건 안 하셔. 물론 옷 갈아입는 거나 화장실도 혼자서 가능하시고. 그 밖에는 딱히 문제가 없는데……"

앞으로 어떻게 할지 결론은 없었다. 검사를 받는 게 좋지 않겠냐고 이번엔 나쓰키가 말했지만 아키는 조금만 더 기다리자고 했다. 자매가 번갈아 '조금만 더 기다려' 하는 탓에 아버지의 검사는 계속 미뤄지기만 했다. 자신의 우유부단함에 아키는 조금 침울한 기분이 들었다.

얼마 후, 나쓰키에게서 전화가 왔다. 아버지가 적극적으로 요리를 하기 시작했다고 한다. 요리가 치매 방지에 좋다고 하니 좋은 징조였다.

"음식 간은 어때?"

"응, 제대로 하셔."

"그럼 다행이다. 음식 간이 심상치 않아서 치매라는 걸 알게 되는 사례도 있나봐."

"다만 아직까진 짠맛이 좀 세긴 해."

"그게 극단적이지만 않으면 괜찮겠지? 또 변화가 생기면 알려줘."

"응 알겠어. 이게 좋은 쪽으로 가면 좋을 텐데."

아버지가 걱정스러운 행동을 하면 자매의 기분은 어두워졌고, 예전부터 늘 보던 모습이면 "그때 그건 우연이었구나" 하며 안도했다. 그러나 또 아무렇지 않게 직원들한테 똑같은 언행을 반복해 결국 자매는 일희일비하는 처지가 됐다.

"일일이 다 신경쓰려니 지쳐. 그날그날 다르단 말이야."

나쓰키는 눈밑에 다크서클이 생기더니 전혀 안 없어진다며 한탄했다.

"무슨 일이 있어도 정신력으로 버텨야 돼. 그럴 때마다 마음이 흔들렸다간 우리가 먼저 지칠 거야."

아키가 나쓰키를 위로했다. 직원들도 사장님이 괜찮으신 건지 걱정해주었다. 연배가 있는 사토루 씨는 나이들면 그럴 때도 있다고 이해해주지만, 이십대의 젊은 직원들은 아버지의 모습에 깜짝 놀란 모양이었다.

"도울 수 있는 일이 있으면 뭐든 말씀해주세요."

직원들이 그런 말을 해줘서 무척 고마웠다. 앞으로는 아무래도 여자 힘만으로 감당하기 힘든 문제들도 생길 것 같았다.

"그래도 그분들에게 화장실 뒤처리 같은 걸 부탁할 순 없지."

나쓰키가 조그맣게 말했다.

"그건 그래. 치매 걸린 사장의 대소변 처리를 직원들이 할 순 없지."

"언니, 만일 아버지가 그런 상태가 되신다면 난 못해. 절대 무리야. 언니한테 맡길게."

"뭐? 나라고 딱히…… 아무리 아버지라 해도…… 곤란하지."

"언니는 결혼했으니까 익숙할 거 아냐. 나는 그 정도는 아니니까."

"익숙하다는 게 무슨 뜻이야?"

"왜, 눈에 익었다고 해야 하나? 남자의 하반신 다루는 법이랄까."

"그거랑 이거랑은 별개지. 내가 겐지 씨 대소변 처리를 돕는 게 아니니까."

자매가 조그만 소리로 티격태격하는 것도 모르고 아버지는 크게 하품을 하며 화장실로 가 용변을 보고 있다. 이제까지 오줌을 지린 적도 없고 주변을 지저분하게 한 적도 없다.

"언제까지 혼자서 잘하시려나?"

아버지가 들어간 화장실 문을 쳐다보며 나쓰키의 사서 하는 걱정이 빼꼼히 고개를 내밀었다.

"팬티형으로 된 성인용 기저귀도 있으니까 그걸 입으시게 하면 될 거야."

아키가 밝게 말했다.

"아버지가 입으실까? 분명히 이런 요상한 물건은 입을 수 없다고 하실 거야."

"그렇긴 해."

물 내리는 소리가 들린 뒤 아버지가 문을 열고 자매들 곁으로 다가와 말을 걸었다.

"오, 둘이서 뭐하고 있어?"

"그냥 잡담."

아키가 대답했다.

"여자들은 하나마나 한 얘기를 장장 몇 시간도 할 수 있단 말이야. 참 신기한 생물체야."

아버지가 히죽 웃으며 냉장고에서 캔맥주를 꺼내 방으로 들어갔다. 잠시 후 아버지가 좋아하는 엔카 가수의 노래와 함께 그걸 따라 흥얼거리는 소리도 들려왔다.

"이 상태라면 아직 희망이 있을지도 몰라."

아키는 나쓰키를 격려하고 집으로 돌아갔다.

아버지의 현장 시찰 세 번은 그후에도 반복되었는데, 심할 때는 현장에 간다고 하고 이미 다 지어진 집을 방문하기도 했다. 물론 나쓰키나 사토루 씨는 모르는 일이었다.

"집 상태는 어떠냐고 하면서 사장님이 일부러 들르셨더라고요. 또 일이 있으면 그쪽 회사에 부탁해야겠어요."

그 집 부인이 회사에 있는 나쓰키에게 전화를 해 일이 발각되었다.

"아아, 그러셨어요? 일부러 전화까지 주셔서 감사합니다."

말은 그렇게 했지만 나쓰키는 얼굴에 핏기가 싹 가셨다. 아버지가 간다고 했던 곳은 그 집 반대쪽에 있는 현장이었기 때문이다. 아버지가 나가자마자 평소대로 현장에 있는 사토루 씨에게 전화해둔 터라 나쓰키는 다시 연락해 아버지가 고객의 집으로 갔다고 알리면서 만일 현장에 안 오시면 전화해달라고 말했다.

"어디 다른 데로 가셨으면 곤란한데."

사토루 씨도 당황스러워했다. 결국 아버지는 현장에 가지 않고 양손에 마트 봉지를 들고 집으로 돌아왔다. 나쓰키는 곧바로 사토루 씨에게 전화해 아버지가 집으로 왔다고 알린 뒤 다시 상황을 봐서 연락하겠다고 짧게 말하고는 끊었다.

"아버지, 어디 갔다왔어요?"

"현장이지. 다들 열심히 잘하고 있더라고."

"다행이네요."

아버지의 머리는 과거의 행동을 최근의 일로 인지하는 듯했다.

"그쪽 마트에서 싸게 팔기에 잔뜩 사왔어."

식탁 위로 오이, 가지, 여주, 말린 표고버섯이 한가득 펼쳐졌다.

"이걸 어떻게 하시려고요?"

"내가 요리하려고. 나쓰키도 기대해."

나쓰키가 마감을 앞둔 회사 업무를 보거나 전화를 받으면서 아버지의 상태를 살피는 사이, 완성된 것은 대량의 쓰쿠다니였다. 네 종류의 채소를 합치지 않고 전부 따로 조린 것이었다. 왜 죄다 쓰쿠다니인 건지 나쓰키는 기가 막혔다.

"좋아, 잘 만들어졌어."

아버지는 특대 사이즈의 밀폐용기 네 개에 종류별로 쓰쿠다니를 한가득씩 넣고 싱글벙글 웃으며 나쓰키를 바라보았다.

"맛있겠다. 많이 만드셨네요."

나쓰키는 그렇게 말할 수밖에 없었다. 역시 짠맛이 좀 강하긴 했지만 직원들 간식 삼아 주먹밥을 만들 때 속재료로 활용할 수 있을 듯했다.

"뭐, 그래도 일단은 다행이다."

얘기를 전해들은 아키도 가슴을 쓸어내렸다. 그런데 그후로 자신이 붙었는지 아버지는 쓰쿠다니 만들기에 푹 빠져 하루에도 몇 번씩 마트에 가서 식재료를 사왔다. 나쓰키가 신경을 쓴다고는 하지만 퍼뜩 정신을 차려보면 아버지는 이미 외출한 뒤였다. 장을 보고 돌아온 아버지는 상당히 즐거워 보였기 때문에, 막상 그 얼굴을 보면 집에 가만히 계시라든가 요리는 그만하시라든가 그런 말은 할 수 없었다. 쓰쿠다니를 만들지 못할 식재료는 없다고 할 수 있으니 아버지는 눈에 띄는 값싼 식재료를 닥치는 대로 사오는 듯했다. 이제는 냉장고가 대형 반찬통들로 가득차는 바람에 나쓰키는 어찌할 바를 몰라 아키에게 울며 하소연했다.

토요일, 조금이라도 쓰쿠다니를 소비하는 데 도움이 되고자 아키는 집에서 빈 밀폐용기 여덟 개를 가지고 친정으로 향했다. 아버지는 쓰쿠다니가 잘 만들어졌다며 의기양양했지만 나쓰키의 말은 달랐다.

"소금이랑 설탕을 착각해서 넣은 게 있어서 버렸어. 다른 건 괜찮은 거 같아."

버섯, 다시마, 소고기, 멸치, 어쩜 이렇게 죄다 쓰쿠다니뿐인 건지, 스무 종류에 달하는 반찬통이 식탁 위에 쫙 깔렸다. 아키는 가져온 용기에 그것들을 덜어서 담았다.

"어? 여주가 없네. 무슨 영문인지 아버지가 여주 쓰쿠다니를 좋아하셔서 몇 번이나 만들었거든."

나쓰키가 냉장고 안을 확인했지만 어디에도 없었다. 그리고 어느샌가 아버지도 사라지고 없었다.

"전부 다 담았으니 이제 냉장고에 넣어둬. 난 아버지 좀 보고 올게."

아키가 밖으로 나가 주위를 둘러보았으나 아버지의 모습은 보이지 않았다. 배회하는 버릇이 생기면 좋지 않은데 싶어 마음을 졸이며 골목 모퉁이를 돌았다. 그러자 거기에 반찬통과 젓가락을 들고 엉거주춤하게 서 있는 아버지와 이웃의 하시모토 부인, 그리고 그 집 시바견 다이짱이 있었다.

"다이짱, 이거 봐봐. 여주 쓰쿠다니를 엄청 좋아했지?"

아버지는 젓가락을 들고 다이짱의 코끝에 아치 모양의 진한 녹갈색 여주를 가까이 댔다. 다이짱은 한걸음 뒤로 물러섰다.

"죄송해요. 우리 강아지는 쓰쿠다니를 안 먹어요."

부인은 목줄을 살짝 당겼다. 다이짱도 난처한 표정으로 부인의 얼굴을 올려다보았다.

"왜 그래 다이짱, 이거 맛있어."

다이의 입가에 여주를 밀어넣으려는 아버지를 보고 아키는 깜짝 놀라 소리쳤다.

"아버지, 하지 마세요!"

부인이 뒤를 돌아보더니 안심한 얼굴을 했다.

"죄송합니다, 아버지가 폐를 끼쳤네요. 다이짱도 미안해. 갑자기 이런 일을 당해서 깜짝 놀랐지?"

아키가 말을 걸자 다이짱은 방금 전과는 달리 기쁜 표정을 지으며 꼬리를 흔들었다.

"정말 죄송해요. 죄송합니다."

아키는 아버지를 끌어안다시피 해서 그 자리를 떠나려 했다.

"아버님, 큰일이네."

부인은 안타깝다는 듯 작은 소리로 말했다.

"요즘 들어 상태가 좀 이상해지셔서요. 하지만 이런 일은 처음이에요. 이웃분들께 폐를 끼치면 죄송스러우니 어떻게든 방법을 찾을게요."

"그때는 어려워 말고 말해줘. 아버님 상태를 알고 있으면 우리도 마음속으로 준비할 수 있으니까. 우리 시어머니도 그러셨거든."

"네, 말씀 감사합니다. 그리고 정말 죄송해요."

아키는 약간 울먹이며 고개를 숙였다. 한편, 아버지는 젓가락 쥔 손을 크게 흔들며 외쳤다.

"부인, 또 봐요. 다이짱, 다음에는 버섯 쓰쿠다니를 먹어줘."

"네, 안녕히 가세요."

부인도 손을 흔들고 산책중에 성가신 일을 당한 다이짱도 꼬리를 흔들어주었다.

아키는 범인을 연행하듯 아버지를 데리고 집으로 돌아왔다. 그리고 처음으로 아버지를 나무랐다.

"그런 행동하시면 안 돼요."

딸에게 야단맞은 아버지는 의자에 앉아 고개를 숙이고 뭐라고 웅얼거리더니 이내 고개를 들었다.

"난 아무 짓도 안 했어. 무슨 말을 하는 건지 모르겠네."

"시치미 떼시는 건가? 원래 장난기가 많은 분이라 이게 장난인 건지 치매인 건지 알 수 없어 더 힘들다니까."

나쓰키가 아키에게 귓속말을 했다.

"아니, 정말로 본인은 안 했다고 생각하시는 거야. 이젠 더이상 안 되겠다."

끝까지 "나는 아무 짓도 안 했어"라고 저항하는 아버지를 바라보며, 자매는 여태껏 오랫동안 망설이고 미뤄왔던 치매 검사를 받게 해야겠다고 서로의 생각을 확인했다.

나이든 부모를 마주한다는 것

이 책의 번역을 의뢰받았을 때 제목에 한참 눈길이 갔다. 단순하지만 그래서 더 많은 생각을 하게 하는 제목이었다. 원제 『ついに、来た?』를 사전적 의미 그대로 옮기자면 '마침내 왔는가?' '드디어 왔는가?' 정도로 해석할 수 있다. 무엇이 왔다는 말인지는 몰라도 결국 올 것이 왔음을 직감한 뉘앙스가 느껴진다. 그것이 오매불망 기다리던 택배라도 된다면 얼마나 좋겠는가. 그러나 작가가 말하는 결국 오고 만 그것은 노약한 부모를 마주하게 되는 순간이다. 이를테면 치매에 걸렸거나 거동이 불편할 정도로 체력이 저하된 부모에게 자식의 보살핌과 간병—설령 타인을 통해 이루어질지라도—이 절대적으로 필요해진 때 말이다.

누구나 내 부모만큼은 연로해져도 언제나 무탈하기를 바란다.

그럼에도 내심 언젠가는 직면할 문제라는 인식을 하고 있기에, 부모의 건강에 문제가 생기면 '결국 올 것이 왔구나' 하는 생각이 드는 게 아닐까. 담담하게 현실을 받아들이는 작가 특유의 담백함이 그대로 느껴지는 제목이라고 생각한다.

작가는 작품 속 인물들이 노인성 치매에 걸리거나 신체적·정서적으로 쇠약해진 부모를 어떻게 받아들이고 행동해나가는지를 각기 다른 여덟 편의 이야기를 통해 그려냈다. 간병의 대상은 대부분 자신이나 배우자의 부모이지만 때로는 이모와 같은 친척이기도 하다. 다양한 에피소드 속에 등장하는 그들은 독자로 하여금 많은 생각을 하게 만든다.

남편이 죽은 후 다른 남자를 만나 집을 떠났다가 치매에 걸려 되돌아온 엄마는 자신이 버림받았다는 사실조차 인지하지 못하고(「엄마, 돌아왔어?」), 중학교 역사 선생님이었던 점잖은 시아버지는 어느 날 갑자기 영문을 알 수 없는 행동을 반복하더니 급기야 며느리를 따라다니며 자꾸만 밥을 달라고 성화다(「아버님, 뭐 찾으세요?」). 한편 자신과 단둘이 지내던 딸이 결혼하자 급격한 외로움에 스트레스가 컸는지 치매에 걸린 친정엄마는 다행히 착하고 다정한 사위와 딸의 세심한 케어를 받는다(「엄마, 노래 불러요?」). 그리고 자식이 없어 조카의 보살핌을 받게 된 고령의 두 이모는 치매로 많은 기억을 잃어 어이없고 황당한 말을 하기 일쑤지만 그로 인해 웃음을 유발하기도 한다(「이모들, 안 싸워요?」).

만약 내가 이러한 상황에 처한다면 과연 어떻게 대처할 수 있을까. 스스로 질문을 던지지 않고는 지나갈 수 없는 부분이다. 소설 속에서도 다양한 반응들을 확인할 수 있다. 그런데 중요한 것은 자식 입장의 인물들이 갑작스럽게 닥친 현실을 받아들이고 각자의 상황에 맞춰 해결책을 찾으려 한다는 점이다. 물론 처음부터 그런 것도 아니고, 모두가 그렇지도 않다. 아버지의 치매 증상을 끝까지 외면하고 부정하려는 아들도(「아버님, 뭐 찾으세요?」), 반신반의하며 선뜻 아버지의 치매를 인정하지 못하고 우유부단하게 행동하는 자매도 있다(「아버지, 왜 왔다갔다해요?」). 이들 역시 다분히 현실적이라 생각한다.

하지만 대부분의 인물은 당황스럽고 복잡한 감정을 내보이면서도 거기에 머물러 있지 않고 방법을 찾아 노력하는 모습을 보여준다. 이를 통해 우리는 '아, 그럴 수도 있구나' 하고 자연스럽게 공감할 수 있다. 작가는 아마도 그런 이야기를 하고 싶었던 게 아닐까. 앞으로 우리가 나이든 부모를 마주하며 겪게 될 다양한 일들을 회피하거나 부정하지 않고 있는 그대로 받아들여서 힘을 내어 함께 살아가는 이야기를 말이다. (물론 치매는 온전히 개인의 문제가 아닌, 제도적 도움이 상당히 필요한 일이기에 사회적으로 확대해서 접근해야 하는 논점도 있지만, 일단 여기서는 개인에 초점을 두어 생각하고 싶다.)

여기에 수록된 작품들은 이렇다 할 결론이 있는 것도, 장밋빛 미래가 예상되는 것도 아니다. 현실적으로 보자면 앞으로 부모의 건강이 악화될 일만 남았다고 해도 틀리지 않을 것이다. 어쩌면 길이 보이지 않아 막막하고 답답할 법도 하다. 하지만 때로는 가슴 아파하고 때로는 허탈한 웃음을 지으면서도 주저앉지 않고 일상을 이어가는 주인공들의 모습은 많은 것을 시사한다.

나이든 부모를 마주하는 것, 더욱이 치매에 걸린 부모를 마주하는 것은 현실적으로 큰 갈등과 불안을 겪는 일이다. 특히 고령화·노령화라는 말이 친숙한 느낌마저 드는 우리 사회에서는 누구나 그런 상황을 맞닥뜨릴 수 있음을 인식해야 할지도 모른다. 그러나 설령 그런 현실에 처하더라도 지나치게 부정적이지 않았으면 좋겠다. 가끔은 비슷한 처지에 처한 소설 혹은 드라마 속 인물들을 보면서 '허허, 그래, 맞아 맞아' 하고 공감하며 위로받을 수 있는 마음의 여유를 가질 수 있다면 좋겠다. 잠시나마 웃을 수 있고 편히 숨쉴 수 있는 작은 숨구멍만큼은 간직할 수 있기를 바란다. 마지막으로 마음만은 여전히 건재하신 부모님께 깊은 감사와 사랑을 전한다.

김영주

지은이 **무레 요코**

1954년 도쿄 출생. 1984년 에세이 『오전 0시의 현미빵』을 발표하고 본격적인 작가 생활을 시작했고, 『카모메 식당』 『빵과 수프, 고양이와 함께하기 좋은 날』 등이 영화와 드라마로 제작되면서 널리 이름을 알렸다. 지은 책으로 『세 평의 행복, 연꽃 빌라』 『일하지 않습니다』 『구깃구깃 육체백과』 『그렇게 중년이 된다』 『모모요는 아직 아흔 살』 『지갑의 속삭임』 등이 있다.

옮긴이 **김영주**

상명대학교 일어교육과를 졸업하고 한국외국어대학교 대학원에서 일본 근현대문학으로 석사과정을 졸업했다. 현재 대학에 출강하며 전문 번역가로 활동하고 있다. 옮긴 책으로 『세 평의 행복, 연꽃 빌라』 『일하지 않습니다』 『구깃구깃 육체백과』 『파이어플라이관 살인 사건』 『시간을 달리는 소녀』 『태양의 노래』 등이 있다.

문학동네 세계문학
결국 왔구나

초판 인쇄 2018년 11월 20일 | 초판 발행 2018년 11월 29일

지은이 무레 요코 | 옮긴이 김영주 | 펴낸이 염현숙

책임편집 고선향 | 편집 김보미 이현지
디자인 김이정 이원경 | 저작권 한문숙 김지영
마케팅 정민호 정진아 함유지 김혜연 박지영 김수현 | 홍보 김희숙 김상만 이천희
제작 강신은 김동욱 임현식 | 제작처 한영문화사(인쇄) 신안문화사(제본)

펴낸곳 (주)문학동네
출판등록 1993년 10월 22일 제406-2003-000045호
주소 10881 경기도 파주시 회동길 210
전자우편 editor@munhak.com | 대표전화 031) 955-8888 | 팩스 031) 955-8855
문의전화 031) 955-8862(마케팅) 031) 955-1917(편집)
문학동네카페 http://cafe.naver.com/mhdn | 트위터 @munhakdongne
북클럽문학동네 http://bookclubmunhak.com

ISBN 978-89-546-5382-4 03830

www.munhak.com